微笑是永不老去的幸福品牌!

——璐瑶

璐瑶的世界
LUYAO DE SHIJIE

宋玉芳 著

中国文联出版社

图书在版编目（CIP）数据

璐瑶的世界 / 宋玉芳著 . -- 北京：中国文联出版社，2024.2
 ISBN 978-7-5190-5380-2

Ⅰ. ①璐… Ⅱ. ①宋… Ⅲ. ①诗集－中国－当代 Ⅳ. ① I227

中国国家版本馆 CIP 数据核字（2024）第 052395 号

著　　者	宋玉芳
责任编辑	王　斐
责任校对	胡世勋
装帧设计	潘嘉宁

出版发行	中国文联出版社有限公司
社　　址	北京市朝阳区农展馆南里 10 号　　邮编 100125
电　　话	010-85923025（发行部）　010-85923091（总编室）
经　　销	全国新华书店等
印　　刷	天津和萱印刷有限公司

开　　本	880 毫米 ×1230 毫米　1/32
印　　张	9.25
字　　数	120 千字
版　　次	2024 年 2 月第 1 版第 1 次印刷
定　　价	58.00 元

版权所有·侵权必究
如有印装质量问题，请与本社发行部联系调换

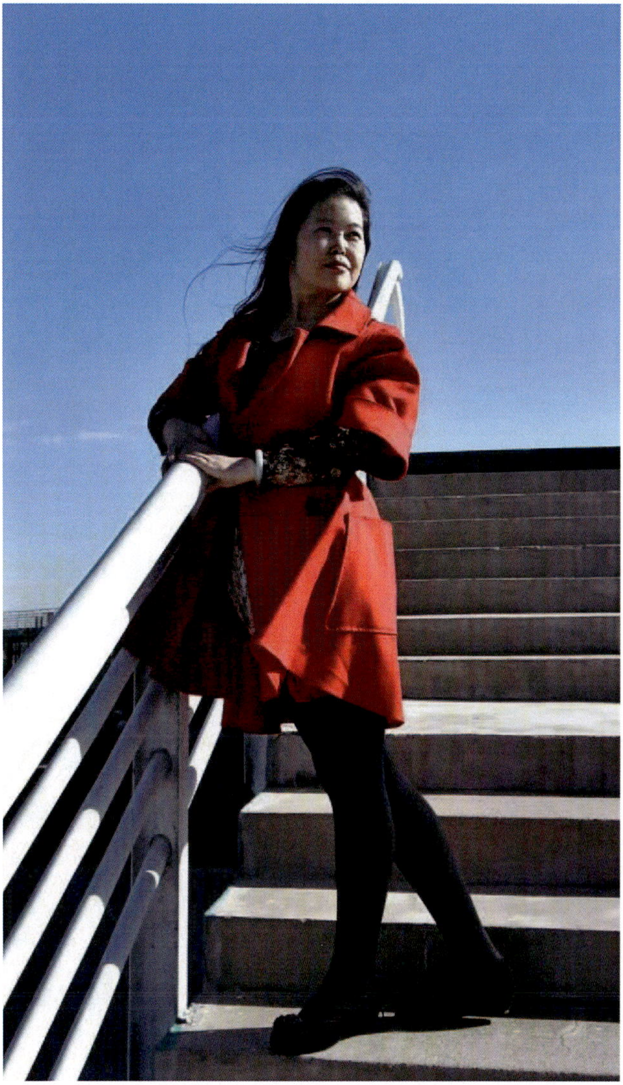

作者简介：

笔名璐瑶，本名宋玉芳。系中国诗歌学会会员，中国楹联学会会员，中国诗词学会会员，黑龙江省作家协会会员，中国现代作家学会会员及理事，大庆市作家协会会员及理事，中国女摄影家协会会员，暹华文化研究院会员，国际当代华语诗歌研究会研究员，中国作家网、中国诗歌网、今日头条黄V认证诗人、作家。被（国家文化部）中国文化遗产保护研究院录入《中国人才库》。中国作家报新闻采编及编辑。北京开放大学"新时代作家班"第一期学员。文学平台"璐瑶的世界""国际诗歌文化传媒诗词方舟"创始人兼主编。并任多家刊物顾问、主编，是当代百强签约作家。出版诗词集《璐瑶诗词》。

作品发表《中国日报》《人民日报（海外版）》《中国教师》《中国诗词》《中国诗人》《中国诗歌》《诗选刊》《诗词月刊》《诗词百家》《楹联博览》等国内及美国、新西兰等国外刊物入近百种选本。

2018年中国改革开放40周年活动中被评为中国诗歌年度人物。入选中国共产党建党100周年精品台历《百年华章》。2020年抗疫情作品收录《大爱无疆》收藏郭小川纪念馆。先后荣获2021年诗刊社、中国诗歌网举办的"秀水泱泱红船领航"庆祝中国共产党百年华诞诗歌征文活动优秀奖，"全国优秀文艺作品征评颁奖典礼·第五届中国作家新创作论坛"一等奖等多奖项。

| 序言 |

璐瑶的世界很精彩

张恩浩

身在北方,对春天总是有一种本能的喜欢和敏感——即使一粒新芽儿初绽,一缕花香弥漫,都能令我心生欢喜并产生创作灵感。而静坐在淡雅的春光里,读一些温馨的文学,更是妙不可言。

与诗人璐瑶相识数年,虽然未曾谋面,但在我的讲座和关于创作等方面的笔谈中,我已经对她的观点有了高度认同,对她的作品有了诸多好感。

这种好感来自她对文学的敬畏之心和笔耕不辍的恒久坚持;来自她作品中字里行间所自然渗透出来的真诚、善良和质朴的情感;来自她对生活、生命的尊重、理解、热爱、认知和深刻的思索;来自她对创作题材的精心提取、认真锤炼和不断实现的自我突破。

相对而言,在这个文坛空前繁荣而又异常喧嚣的时代,璐瑶无疑是一位低调、平静、沉稳,而又勤奋、真挚的诗人。而真挚是成就一个优秀诗人的最宝贵的品质。我们经常看到,有些朋友的作品虽然运用了很多技巧和华美

的语言，但因为缺少了真挚的情感积淀，所以就很难呈现出应有的美感和质感，不仅严重降低了作品的美学价值，而且很难找到值得品味的内涵。而在璐瑶的作品中，我们明显感觉到作者倾注的是真心、真情、真意。

"漫步人间／被动地接受喜悦，忧伤，和／古老烟火的熏染／／作为凡人，我／不得不习惯悲欢，离合／不得不面对艰难，冷暖／／只有在月光下／才可以查看伤口／冷敷痛感／只有端起酒杯／才可以梦回故乡／跑回童年……"

——《虚幻》

乡愁，是一个古老的题材，而只有倾注真情实感，才有可能实现与读者有效的链接。

正如诗人余光中先生所说，"如果乡愁只有纯粹的距离而没有沧桑，这种乡愁是单薄的"。

在这首诗中，诗人饱含真挚的深情，超越了意象化的手法而上升到意象群的塑造，将生命的时间与空间的历程串联起来。这种视觉和情感上的冲击，足以引起读者强烈的共鸣和内心的震撼。

诗意美，是我们追求的一种艺术境界。

"时光恬淡／流淌的小河飞溅的音符／协奏着黑色的落寞，和蓝色的孤单／／我们坐在夕阳下／一起，吟诗，赏花／倾吐思念／／晚风吹拂／几只小鸟，勾画着天空的虚幻／炼丹的人早已作古／修炼的人尚未成仙／／是的，青春已逝，徒叹苦短／韵脚处，有几个文字／忽明忽暗"

——《夕阳下的春天》

语言干净，画面清新、生动，仿佛阵阵和煦的春风萦绕耳边，沁人心脾，而合理的留白，又拓展了更为广阔、浪漫的诗意。

亲情，也是我们文学创作经常涉及的题材，但如何写出新意，或者更加感人，考验的是一个作家、诗人的真功夫。

"……小时候，母亲的碗里／总是清汤寡水／她把抗饿的食物／放进我们碗中，然后看着／我和弟妹们／狼吞虎咽／／长大后／我开始给母亲夹菜，而她／总是一次次夹出来／分给我们／／成年后，日子甜了／每次就餐，我也会／模仿母亲，把好吃的／放进孩子的碗里／／那一刻，我看见／母亲的眼睛，已经／笑成了一条缝"

——《母亲眼睛笑成一条缝》

似曾相识的画面，似曾熟悉的情感。在人间，儿女与母亲总是在这样简单的甚至无声的交流中传递着爱的温暖……

"太阳在山坡上，给／树丛、草地、花朵／着色／／

一朵朵云飘过去/加深了我的孤寂//每一个房间/都在切分时光/每一滴水声/都在破壁"

——《生命中不舍的旋律》

作者写这首诗的时候跟我有过沟通。当时有一个特殊的背景：她在医院焦虑地陪伴生命垂危的母亲。面对亲人与人生的无力抗争和自己的束手无策，我特别理解她当时的那种无奈和极致的疼痛。而这首诗的亮点在于，不仅情感真挚，而且画面和光线、色彩的反差强烈，加之语言的张力被激活，留白恰到好处，所以作品的艺术表达效果则更为震撼。

"一粒米，遇到水/是孤独的/一碗米，遇到水/是幸运的//很多时候/你都在感叹/命运之手的乏力/很多时候/你都在失眠/用月光书写着/漫长的思念//风雨过后/海，与船，继续/制造波澜/风，与帆，已/遁入过眼云烟"

——《相遇》

当"米、水"和"命运、月光、思念、海、船、帆"等意象产生链接的时候，我们不得不认真思考我们自己的境遇。这不仅是文学的话题，而且蕴含着深刻的哲理。

人生其实就是一场漫长的旅行，相遇或者离别，无非就是把一个风景置换成另一个风景，而无法改变的，是我们心中那种执着和真情……

"秋风中 / 一片叶子，摇曳着 / 相思的色彩 // 阳光下 / 菊花盛开，蝴蝶自来 / 知了声声，恰好是 / 一阕情爱的词牌 // 天空中 / 大雁南飞 / 离愁难耐 / 一枚红叶，就是 / 最真的告白"

——《告白》

相思，是人间最私密、最真挚、最美丽、最浪漫的情感。在这首短诗里，作者借助于"秋风""叶子""阳光""菊花""蝴蝶""知了""大雁""红叶"等意象所营造并深化的诗意，轻盈，明快，深情，多彩。充分显示了作者驾驭文字的功力，值得嘉许。

而在另一首题为《春风入梦》的情诗中，作者的风格又有了明显的变化——

"琴弦上 / 海水奔涌，夹杂着 / 元曲的隐痛 / 宋词的情长 / 画中人已驾鹤西去 / 枉凝眉中 / 万事早已皆空 // 枕中春梦 / 燕语莺声 / 几滴蜜色的晨露 / 点缀着思念香浓 // 寒霜浸染 // 岁月峥嵘 / 电闪，雷鸣中 / 灰色的时光，瞬间 / 裹紧了风声"

这样的文字，几乎完全摆脱了她此前的创作风格，不仅实现了意象的大幅度跳跃，而且巧妙地深化了主题。突破自己的思维惯性，其实是一件很难的事情。这样的创作尝试，无疑是成功的，更是可喜的。

"母亲在路上／被撞伤／大片的残阳／溅红了长街的空旷／／听不见手术室里的声音／听不见母亲的呻吟／我不停地在门外徘徊／不停地用祷告，抵御／痛苦，焦虑，和悲哀……"

——《残阳下》

我们无法想象那样的场景，年迈的老人被撞伤"大片的残阳／溅红了长街的空旷"。这样的画面触目惊心。虽然我们讲诗歌的创作要虚实结合，但所有的"虚"都应该是以"实"为依托的。所以说，所有的创作技巧都应该是为主题服务的。

我个人认为：诗歌创作，一定要尊重自己的感觉和良知，努力让文笔下沉，真正触及生活深处和读者的灵魂深处，努力追求美的本质。

当然，璐瑶的作品很多，因为篇幅限制，不方便逐一评说。在我准备收笔的时候，我仿佛听到了著名歌手齐秦的歌声"外面的世界很精彩，外面的世界很无奈……"。

其实，和大家一样，我知道璐瑶的世界很精彩，璐瑶的世界也很无奈……。

这是世界的常态，也是人生的意义所在。

祝璐瑶在文学创作之路上越走越快乐，越来越精彩！

（张恩浩，当代诗人，中国诗歌学会理事、《中国作家诗人风采日历》主编）

| 目录 | 第一辑　蝶梦生香

你的笑容　　　　　　　003
一杯酒　　　　　　　　004
修　炼　　　　　　　　005
在梦里　　　　　　　　006
一浅星月，恰似你的心眸　007
我得追上那朵云　　　　008
我看见　　　　　　　　009
素描春的气息　　　　　010
当水遇到了米　　　　　011
手心里的时光　　　　　012
月光在草尖上闪耀　　　013
今晚的传奇　　　　　　014
生命中有你　　　　　　015
摘走一个比喻　　　　　016
月光里有你　　　　　　017

等风来	018
错过了美丽	019
也许会有那么一天	020
有梦，重生	021
失眠的稿纸	022
城市的夜晚	025
遇见是最浪漫的你	028
我只是路过	031
你不是我的过客	036
牵不到你的手	041
迎接暖阳	043
追　影	046
你的美给了谁	047
寻觅多远多近	048
有个声音，沁入我的身体	049
月下的窗	050
梦，深到深渊	051
托起你的梦想	052
重写一首诗	053
深深浅浅的痛	054
眼睛里的天空	055
荷塘霞光	057
你是我的暖	059

让我住进你的心里	060
月色没有画出的香	062
如果没爱过你	066
月落谁家秋	069
最美的时光遇见最美的你	071
枕月光入眠	074
桃花春事，红了谁的情缘	076
月下独酌	077
别说晚安	078
烟花之色	079
流星之所以美丽	080
醒　来	081
飞　翔	082

第二辑　情缘何处

虚　幻	085
春风入梦	087
情履泰山	088
生命中不舍的旋律	089
相　遇	090
情　愫	091
告　白	092

我一直在这里	093
月光，同我一起写诗	094
你是我的玫瑰	095
寄一缕清风给你	096
泅渡在你的眸子里	097
在远行的路上	098
对　视	099
光芒里的尘埃	100
听不见的声音	101
如果能听到，风的声音	102
一首诗里的歌	103
傲　骨	104
一个种诗的人	105
说冷就冷了吗	106
眼睛里的幸福	107
纯净水	108
春梦不如秋梦长	109
面朝大海	110
在山前	111
月亮含香	112
虚构一个故事	113
夜含情，风含意	114
深夜想你	117

面对自己，秋美冬暖	120
风儿，你尽情地吹吧	123
我在星河中把你默念	126
天天好心情	130
一滴水	132
挺　住	133
上苍对我真好	134
写给路上	137
在岸上	140
在云上	144
在海上	148
月亮升起来了	150
星光中的火花	151
只存在于纸醉金迷	152
冬眠之后	153
你就是秘密	154
我穿越赤道，挤进一朵云彩	155
生的边缘	156
生命尽头的尽头	158
假如我是一朵花	160
阳光下情会熠熠生辉	161
一首歌可以唱多久	162
狗尾草	163

第三辑　笔韵春天

夕阳下的春天	167
春　心	168
春　醒	169
我在春天里送你一首诗	170
你就是我的风景	171
柔软的阳光	172
春到柳梢头	173
随　想	174
被风吹过，那个美	175
回　声	176
雨　水	177
阳光与空气	178
春天的约会	179
你是我的绿叶	180
你向我走来	181
岩画里的鱼	182
一个人也有春天	183
你就是春天	184
一支神奇的画笔	185
虚拟的玫瑰，芳芬万里	186
我向春天借首诗	187

一朵花的凋零	188
骨　朵	189
月亮梦游到眼睛里	190
把我牵回，有你的画卷	191
石榴裙下	193
委　屈	194
一缕忧伤	195
一幅画，只为青绿	196
执　念	197
生命的力量	198
素描一个春天	199
自由说浅，有妙不可言的春天	201
静在你的瞳孔里	202
等我扑到下一个春天	203
在风里	204
解　药	205
你的目光滋养着清香	206
生　命	207

第四辑　情深似海

我敬岁月一杯酒	211
残阳下	212

远远地行个跪拜礼	213
在一场花事里	215
不要成为，一个被酒附身的人	217
红嘴蓝鹊把我的致敬站成光辉	218
暮　秋	219
不死的灵魂	220
阳光仍在，春天不远	221
从虚无到虚无	223
我爱这冬天	224
十　年	225
梦醒了，泪水随风流淌	226
挣扎的土地	227
冬　雪	228
秋　雨	229
心岸落在人间的烟火	230
一盏盏灯笼，又点亮了夜色	231
元宵节祭母	233
中元节寄思	234
生命的呐喊	236
谁说，雨落无伤	237
燃一炉沉香，修炼芬芳	238
焚烧的火焰	239
冬	240

残　花	241
想你在身边	242
轻轻捧起妈妈的手	243
母亲眼睛笑成一条缝	248

第五辑　时光染指

迎新的日子	253
滴水里的故乡	254
乡　愁	255
一撇一捺	256
一朵花的疼痛	257
月亮花	258
灯下闲语	259
喜从何来	260
夕阳下的影子	261
浮　萍	262
难　忘	263
冬夜读诗	264
瞬　间	265
种下一场热血传奇	266
在寻同一个点	267
做一条会飞的鱼	268

像雪一样下着	269
与你一起慢煮时光	270
虚构梦境	271
一股清泉，流进我心田	272
一湖秋水	273
思　秋	274
纯　净	275
未完待续	276

后记　我的故事　　　　277

第一辑

蝶梦
生香

你的笑容

我分不清，迷人的
是海，还是你的眼神

在我们彼此的注视中
光阴那么美丽
岁月那么安静

一杯酒

那一年,花和草
在蓝天白云下
畅饮

自此,桃红柳绿
被写在春风里
诗里梦里,时时有你

一个夏天
一道闪电,风干了我的泪
一个伤口,扼住了我的喉

惨惨椎心泪血流,痛依旧痛
那梦的森林,诗的长空
能否,让我借春风的手
缝合,火山的口

修 炼

把梦,放进梦里
细细品味

八千里路,不言相思,不惹玉泪
任晶莹的音符,随风铃小曲
飘进风雨

我不去想,夜的味道与烈焰
袅袅炊烟,复活在
宋词里的万千情意

我愿接受落花与流水,春夜的话
无限瑰丽,倒影精致,细腻
拓出月光,静谧在一座山下
修炼自己

在梦里

操场上的你与小鸟齐飞
阳光下，从山顶到底谷
一切都是疯狂温存

时光隧道中，有着足够的
能量温柔以待

我梦到蝴蝶的翅膀
像碰到花朵
一片，一片
汇聚成一个小屋
和你一起
去海边看日出

一浅星月，恰似你的心眸

一片叶子在半空中，翻转飘摇
一个背影，把思念植入暮色

"你还好吗？我很好"
黑夜中，我们计算着生活
包括孤独和寂寞

谁也阻挡不了梦魇
谁也捎不去我的诗卷
一浅星月，恰似你的心眸

从头到尾，漫谈
原始的睡，随风
沉醉

我得追上那朵云

真幸运,在春风里
遇见你,飘近我

总有些无端莫名的喧嚣声
一不留神,将距离
越拉越远

在来的路上,衣裳被风撩开
似你指尖,瞬间心如当年
我得追上那朵云,永住宫殿

我看见

我看见你的微笑

不分四季，和昼夜

用爱滋润的心田

有着阳光温暖……

我看见遥远的地平线上

红尘陪伴的画卷

在黎明来临之前

充满了悲伤的黯淡

我看见你的世界

被莫名伤感牵得柔肠碎断

在一座围城里面

一缕缕白发在不断涂染

不去想时间能否改变

原有的真理能否被替换

善良与爱，在不停织锦念恋

直到我的世界，从冷变回暖

素描春的气息

我见过你，在春雨淋湿衣衫时
像风一样伴随左右，挤进时光记忆里
保护着无知的草木和悲哀的沉泥

琴弦瑟瑟不停，举目对望歌唱成经典曲艺
音阶阵阵流淌醉心，却未能止住丝丝泪滴
我极力拖着月光，告白在烟雨中
没有目送到底

这个世界，就是这么离奇
一只蝴蝶悄悄飞来，不疲不倦不知为谁
陌生又熟悉的呼吸，略有些欢喜
仿佛春天里的眼睛，扑朔迷离又美丽
一阵风吹过，忧伤瞬息流尽
静谧，旖旎

当水遇到了米

当我们停止跋涉
在淡雅的时光中小憩
当我舀出的清水
遇到了米
一切的相逢,都是
美丽的传奇

我们品味佳肴
品味生活
在一曲丝竹里
追忆风雨

我在长夜里失眠,叹息
我在睡梦中呐喊,哭泣

当太阳又一次升起
我又扬起笑脸,走进
奔流不息的人间
继续书写忧伤,和
诗意

手心里的时光

有一粒种子，长成碧绿
之前，多少年无人问津
默默生长

途经风雨，这不是一般的风雨
每天落日间，无限悲伤
手心里的时光，已漫过头顶
情丝无望

真想破解，梦的秘密
绝境逢生

月光在草尖上闪耀

梦里,我看见
月光在草尖上闪耀
音符停在树枝上
桂香沁人心脾

不要说,今夜你没来过
不要说,你没有悲伤
人生无常
几日不见,已找不见你的模样

把心贴近,似
又重回热浪

今晚的传奇

不知道
是我被捉住了
还是你被缠上了
总之上演了
一场干柴与烈火的戏剧

从现在开始
每一分钟
每一个细节
每一次微笑
每一滴热泪
都要切入爱的韵律

月光下
情与情激情燃烧
诗与诗舞韵平仄
歌与歌浪波壮美
今夜迷香倾城
而我正半卷

生命中有你

河岸上的你
永远看不到我
流过多少泪,受过多少伤
悲欢包围着悲欢和悲欢的离合

打开窗户
有一个世界在这里
在这里书写着我们的人生
无论瞬间还是永恒

又到飘雪的节季
不问过去,不奢未来
只愿天空有你的色彩,色泽无所谓
傅立叶变换还是拉普拉斯逆变

煮一江春水,顺流逆流
都会惊动窗外,鹅毛的雪

摘走一个比喻

花开的时候
心却被虫咬了几口
肉疼了又疼
之后一无所有

花又开了
叶被剪
枝被割
暖春后哪还会有荼蘼花香

梦走了
诗哭了
月亮低头挂在树梢上
要等多久才能看懂芳心的坦诚

月光里有你

一曲忧伤,借着月光
相思,成河

我知道,月光里面有你
很近,很远

一份情意,一个道理
坚持微笑,时光懂你

等风来

枫叶红了的时候
风一吹,便奏出一部动人的交响曲
红音符醉了秋,秋醉了我的双眸

我知道
你的柔情
被糅进一首诗里面
你的蜜意,引蝶狂飞

我知道
小草与太阳,天壤之别
如果有幸来到你身边
你笑得一定很香甜

错过了美丽

你是圣洁向上的火焰,在我梦里
温顺得就像一只小羊羔
但我错过了美丽

从西伯利亚赶来的风呀
让我对温度,产生了错觉
这是个谜团,时间越拉越长
以至于有一天,风转了弯
替换下落叶

我不介意自己,身临险境
暴雨雷电后,会有暖色空气
慢慢地,开始习惯
云开无须点缀,旧色依旧华丽

白纸黑字里,不管藏了多少武艺
都收纳它,把一切皈依

也许会有那么一天

也许有那么一天，我顺着水
走进纯净、透明的空气中
一转身，看见
写诗的人，与读诗的人
都沉默着，直到冬天完结

有风吹来，打了个友好手势
便植入了唐代的意境
述说起古风五柳，新月如钩
在星河左岸右岸，远伸时空深处
身后空无一物，只有我
依旧用岁月，在莲上写诗

也许会有那么一天，
伤痛，也是风景的瑰丽
用花开的声音，感受
生命的神奇

有梦,重生

云修炼了多少年,依旧没有鲜活的生命
而风一拥而上,雨就倾泻如瀑
醉浪,滔天

我在这雨中,左手牵着右手
呼唤你的名字,叹息你的愁思
一切都与你有关,又无关
悲痛,抗争

一首诗被写进银河里,这命的使命
无声的雨,竭力向前奔跑
天地间埋下预言,在等下一个路口
也许有梦,重生

失眠的稿纸

一池春水中

满塘的荷

绿了春

翻越过盛夏

绽放在秋

在等

让莲子饱满的季节

一切的美

从不期而遇

到不告而别

谁会

将这份等待捧起

定格成

我在梦中

与你的相遇

轻仰头

穿越漫长寂寥

为你

微捧脸颊

任秋色

挥洒月的清辉

执笔的手

握好

纸的脉搏

不让

镜子里潜伏的伤

把手伸入我的心窗

流泻成痛的我

愿你的梦

有我的

笑

不苛求昼的暖

就像我的夜

将冷

铺平成

为你写诗的稿纸

写成等你

穿越回

故事的开始

独享那份神奇

在和梦相拥的那一刻

希望

这份感觉从心

落入

你

的

掌

城市的夜晚

海的蓝

漂在举首可望

亮的光

恰似那海中帆

定神

那闪闪的

是银河

流星

划过城市的夜空

是

发动机的声音

运货车白天没喧嚣够

连着夜晚整宿

热闹

我

心想

找一处

地方纳凉
一曲山楂树
把我带到静谧
悠远悠远的情中
夜空闪烁的灯
是内心风光
绝不是
天上
星

是谁
从身边不断掠过
不是燕子
是凉风
轻轻地吻过额头
我想
和你
沐浴这夜晚
来自北极风的凉
和
爽

我想

听你的

蜜语甜言

让这五线谱

举起我

与你

共舞

遇见是最浪漫的你

多少温柔的夜
多少美妙的音符
都牵手在心海的扁舟
一不小心我把春天揉碎
让帆羽荡漾出万般的清辉

还记得
那份美好吗
星星和月亮
美好得和你一样
值得等待

一个住在回忆里的精灵
迷失了方向
迷失的人迷失了
是谁在用躯壳
洗尽心底无奈的痛伤

远方仍是远方

不再说再见
告别那首小诗
美好
会如期而至

明天的明天
永远的永远
华丽的青春断了线
是谁在白纸上画下
年轻的誓言

知道不能兑现
转身前就已泪流满面
光阴划过的脸
只能是
怀念

从前的从前
温度从指尖走远
发霉的背后
隐藏着
无数不见的悲恋

走过陌生的操场
裙摆说着坚定的信念
蝴蝶逃不过
手心里的梦魇
凝血的游戏
不再恋念

就像今天
春天
盛满了鸟语花香
那海依旧兼容不了
温暖的虹湖湾

于是乎
再没有了星光组成的海蓝
从来处来到去处去
透过光落地成霜
含着泪我还是决定
带着冬雪去看你

我只是路过

曾经

心听到自己的心碎

泪找不到颓废理由

是想要离开的步伐节奏

不知道可不可以对悲伤

一边笑一边忘记

玫瑰花悄然盛开

紫罗兰安静地凋谢

空洞和情伤迸裂出的伤口

即使我把千年的梨花强染成玫瑰

你也不曾对我滴一滴泪

倘若你心里住上新人

请千万不要再有敷衍的美语

想离开就离开吧

不必再考虑我的哭泣

长夜的思

蚁一样啃噬着我
伤心还是绝望
搁置回忆
挥散恨爱的忍离
一切随风而去吧

锁上忧伤
不再念你
千行泪有着万种的痛
打不开的结 就交给时间吧

曾以为
可以从容面对 一切
当再次听到熟悉的声音
将心铺展在你的面前
却怎么也翻不过来

闭上双眼
想把你忘记
可最想看到的
依旧是你
执迷不悟
还是刻骨铭心

爱
痛了
痛
哭了
从未遗忘
又何谈放下

风
吹散了曾经的承诺
你我
今天
再无理由
把过往重新来过

我离去
不是背叛
你可曾又何曾
看到我转身
那一瞬间
泪奔不止的容颜

曾经以为

镌骨铭心的美

可以

一直延续

然随着你的转身

败给了现实

望着你

心是该靠近你一点

还是站在远方的距离处

默默给你

珍重

祝福

放空心

流尽

今生所有悲伤泪

在时光里

依然

踽踽独行

行的路

却不再是你的路

波浪太多
爱意太浅
一字一句
刺痛着的心
身边不再是你

也许
每一份缘
都有一生的分
去爱吧
就当不曾受过一次的伤
也许我可能还会相信永恒

伪装着微笑
转身拭泪
谁让你的内心无意住上别人
祝你幸福
你的世界我只是路过

你不是我的过客

我想说

你

不是我的过客

那远的远方就要远到天边

打包了我多少等待

又夹杂了

我的期待多少

让我无边无际想你

使我不去分辨

月下

万千誓言真伪

我你

前世未定今生还未相见

我明了

念时未曾有过的痛

今生深深体会到

百听不厌

无力抗拒的眷恋

你不是

我的过客

每天撕下日历

都仔细标

每一份柔情沸腾了的我

将我煮成蜜意

写我生命里

有你相随

收获到的所有灿烂和绽开

在我开裂透湿的心田

种上

你每一次来过

你

真不是我的过客

我会记住

生命里你洒落的每一点

痕迹

把每天每时每分每秒

你如何

风不起浪不涌

闯入

我心怀

都会写在我生命里

你
不是我的过客
我每一滴湿润里
有你跳动
那不是
无缘无故想你
更非
像一开始
没有丝毫理由
我心房早已把你
定格成眺望

亲爱的
我要对你说
你真不是我的过客
每次想你
都要用我全部气力
躲在
狂风暴雨中寻你
呼唤你
燃烧自己

无力去做星点抗拒

你真的

没有感觉吗

我的爱人

你让我

独走在寻你路上

一千次问自己

你我到底有多远

一块山、一滴海、一棵森林

还是一场梦的距离

望穿了眼

等空了念时

要是再看不到你的脸

我就将心

切割成一段、两段、一万段

踏上找你路

直到

把切碎心铺到你身边

亲爱的我的爱人

这么叫你了

你还会说

你是我生命中的过客吗

然后要你

像我写你一样把我

写在你心里

直到海枯

石烂那一刻

梦里见

还是梦里演

都让你说了算

我会让诗里每个字

镌刻在星海里

踩着流光寻觅你

不准你再说

你是我生命中的过客

牵不到你的手

睡梦中

泛起泪花的眼

拾起你零落的影

那装满的月光

流下了

多少曾经呻吟过的痛

一阵风吹过

缭乱我的发丝

一滴滴带有颜色的雨

在花影里相吟

不觉间

弥漫了芳香的唇

一声啼血

魂梦不堪幽怨

散落的故事

倾听着孤独的寂寞

无助地敲打着你的窗口

却怎么也牵不到离去的手

良窗淡月
心割痛着多少次的温柔
抽泣着满身的伤口
在煎熬的深夜里
苦苦寻觅那曾经的牵手
也只是海市蜃楼

泪眼问花花不语
一丝丝冰凉的雨
舔着泪风干了记忆中的喉
就碎了，碎了
跟随着夕阳落下
再也寻不到
与你初相遇时的别离

迎接暖阳

银瀑中

被一把伞紧攥

指尖凝眸

望

颗颗晶莹

璀璨在掌心中打滚

滑落成心湖波澜

把自己栽成

航标

将心事

抖落在时空

允心醉

神迷

守望中执念

等待

一弯素心

低吟

莫问流年几度
碧玉含羞的清风美颜
愿与你擦肩
从春等到冬天
等成
等你在雨中

无言
凝固沧海
正如波光漂过
那份思念的寒雨
在月下
凝固

回顾
低沉天空的昨日
被大雪覆盖
苦苦觅寻
来时路
守护
从未揭开的念

雨中

风 曾逐追的梦
未绽而别
任 花开美丽过往
借往日沉默
漂泊

数 奔赶的黄昏
慢步
独入冰雨的清风里
呼唤季节
带来别样的战友
共敌雨寒

打开心
放飞一天空的梦想
迎接
一窗的
暖
阳

追 影

在杯底留下一个吻吧
不要成为风向的标
左顾右盼的眼神
又会为谁
同饮

美酒加咖啡
我已不再追寻
渴望的灵魂
在玉液琼浆中
混沌

落叶在奔
秋虫暗雨哀鸣
稻草人也不再哭泣
喧闹的浮华在睡梦中
隐去

你的美给了谁

小桥流水的耕耘
说不倦的美
在夜幕降临的时候

小草们守望着这片星空
这纯净自然的风
用心呵护着,静等春的律动

你用长白山上的泉水
浇灌着每一片热土
成长,开花

我将你轻轻娶回
藏在心房,一只小蜜蜂
一生一世

寻觅多远多近

如果，那一刻的缠绵
不再有月光，你将红豆撒向何方

云卷云舒，花开花落
不同的刹那，有着不同的味道
或悲或喜，静逸在生命里回荡
也许，我会用毕生的泪水
去滋养，那无声世界

多远多近，尽管是
一个谁都无法改变的过程
却有，一种匪夷所思的神奇
陪你寻觅，一地落花的美丽

有个声音,沁入我的身体

说着说着,就下起了雨
屋里屋外,满是回忆

一片云随风而去,我已无力回天
还有一段的路,需要铺
舔着血,忍着痛

我们相遇,在词语的排列中
步伐迟缓,有章有序
真怕时间,惹出祸

有个声音,沁入我的身体
有生有命,有光辉

月下的窗

红豆,生于南国
不分节季,和昼夜
洒了,一地的旧事

那远方的小河、小草、小路
还有一些叫不上来名字的小花
汇成一大本诗集,诗里却没有你

月下的窗,忧思缕缕
何须片言只语,多少年了
任由左邻右舍,风吹雨打

梦,深到深渊

只一眼,绿水青山
装满流年,醉了今生
只一声,细雨缠绵
一口醇香,痴情悠远

一场骤雨,泪汩如泉
一枚夕阳,独染天边
行吟千言,漫卷金山
阅尽繁华,苦笑辛酸

没有了太阳的陪伴,生命残喘续延
童话世界里,写满诗的凄婉
雨的烟波,思绪万端
一梦,深到深渊

托起你的梦想

自从太阳躲进乌云
我就学会了坚强

多想与你一起飞翔
飞翔在我们梦想的伊甸园
不是没有相同脉络
而是绿叶有硕果的使命感

心湖中的石子呀
你给了我一个方向
我托着你的梦想
传承，起帆
不管多远

重写一首诗

坐在云中的诗把血调和成
一种,枯草拥抱大地
重吻,泥土芬芳的气息

那曾被风化了的冰
滴在心,落于纸
赶着风,挥着墨
一直香到梦里

冷月无声地听着
听着我们一起唱过的歌
花瓣,一片一片
碎成诗

还有些微尘,久久
不肯入梦,为你
伤口,在储备一本书
像酒,把我一起
装坛封存

深深浅浅的痛

满江的红,封住了远山的喉
《辞海》里,已找不到纯粹的纯

或许,唐宋诗词里
才能填满,瘦枯的夜
或许,安徒生童话里
才有黎明,辽阔的草原
让风狂奔,让心归零

那些哭泣的云,一片片滚压过来
名词瞬间变成了动词
乌鸦仓促成句号
小溪欢腾着奔向远方

一座城,若有若无
听大地的脉搏,看时光的样子
风景轮回着,飞翔
等着,一起入梦

眼睛里的天空

知道你心里在美
身后有桃花源追随
水云间莺歌舞艳①
陪伴着生命
在一树花开中璀璨回味

岁月知道
有风有雨有你
生活就能穿透黑夜
渡过悲痛曲折的河流
微笑着去接受命运赠馈的厚礼

就这样，悄悄
爱上你的笑容
指尖偶尔弹奏出美妙韵律
绝响在峡谷间喷薄倾吐

---

① "莺歌舞艳"指形形色色恭维献媚之人。

情路在陌路中品读面前芬芳地火
故事里的经典名著

不要问，那
熏香了的空气
在距离中
能奢望多少诗海情意
在静美时光里
向晚中向往
在这里，就在这里
等你，等你
燃起

荷塘霞光

身披汐衣的天空
面颊绯红
是哪位渔家姑娘
在撒网
将霞光洒满荷塘

捞起的岁月中
有童年的欢歌和笑语
青春的羞涩与甜蜜
夹杂着芦苇的馨香
化作风的柔
融入脉搏

轻启心扉
唤出深藏深处的记忆
蹦出爱之初的小鹿
荡起的涟漪中
找回自己
再度期待并寻寻觅觅

心与心的相印
换心与心的相知
灵魂的相融和触摸
是心灵的期待
胜过一切的给予
是最温柔的乐章
层层叠叠的云

包裹着的那份颤动
总会不期而至无数个
有月无月的夜晚
潜入我的梦境
化作最美风景

风的柔软拂面而过
将月色挥手丢满荷塘
蛙鸣的万千响起
我被这音乐和美灌醉
忘情间
一失足成荷塘倒影

你是我的暖

那天
风正好
你的香飘过
迈开的步子向左还是向右

那天
雨正浓
你回眸一笑
冒出了多彩的浪花

那天
花正艳
两颗心在烈日下
已分不清友情还是爱情

那天
云正淡
美丽的约定不再灿烂
下一秒等待无休止的思恋

让我住进你的心里

窗外
一地的月光
路上
满行的诗章

在风中
翻飞
在雨中
荡漾

转身
将抖落的叶拾起
写成诗
深藏在书里

一笔
诗情画意
远近空尽
心飞难留

梦碎再睡

转身
将剪下的玫瑰
插在瓶中
再活一次
为谁绽丽

用
今生的情
点缀
来生的意

春来秋去
美丽的爱
还在吗
让我住进你心里

轻挥手
微笑
可堪回首

月色没有画出的香

墨色

刻着梦的过往

在月光下

凝聚成伤

不是为了你能回来

孤寂的月圆

静等墨干暗透

幽

芳

夜色吹香,花如房

鸟飞,燕舞

梦蝶成行

好美月色

镜月花景

佳人倚窗

轻

叹

画

一张画像

月色

不再悲凉

微风

不再忧伤

转辗反侧

月光色

女子香

就

这样

手机靠着身体

紧抱着

去轮回

下一秒的祈望

望

圆月

月景能否重演美的再现

怎

奈何

良辰美景

赏心乐事

月落谁家

听

月承诺不了星空

景对眼睛说不了永恒

没有蜜语甜言

最后的最后

始终

一个人

别有一番的滋味

冷风

幽窗

清辉洒遍梁

神思泛起

恍惚间

湿热的脸

弥漫了千年之眼

挑灯

风琴月弦

爱

缠

绵

是梦
似真
常思量
情牵
秋水望
望故乡
泪
漾

当
秋露凝成霜
思念成遥望
银河里
吴刚酌酒嫦娥舞衣裳
对饮
狂欢
醉
一
场

如果没爱过你

平淡的日子

记忆中

那些相忆的时候

淡淡情愫

总是

挥之不去

青春已逝

强颜走过的

尘埃

落定

没有一刻

放

下

你

曾

深夜执笔

只是

为
你
留下
点点印记

过去的曾经
太多错过
太多的不离
都
难舍
放弃

想
你的容颜
一步一步
靠近
等待
却
成了我毕生的爱人

考验我吗
如果
不曾用心

爱过你
不必
在原地
种上
疯长的相思苦雨

月落谁家秋

晚色从林中走来
晓星用独有的语言
说着不懂的话

黑色的大口袋
迸出金光
飞鸟不再歌唱
池塘里的鱼沉默了

静
寂的心
游离的思
跑到琴弦上
奏出轻柔的歌
用忘却的曲调哼

荷叶下的大露珠
甜甘与月共缠
莲莴心连心

不经意间
跳出
香

最美的时光遇见最美的你

时光是一杯酒
醉了
醉倒在那最美的一瞬

迷
人
守住
倾城的时光
就如
守住倾城的你
风景里的风景线
芬芳馥郁

最美的时光
遇见最美的你
找个理由接近你

天空下起了雨
静静地来

悄悄地走
夕阳下
动情的音符
打动着你

撑起伞
发香飘过我的鼻息
似花酿蜜的酒
醉成
一首首动人清新的小诗
穿越
唐风宋婉

最美的时光
遇见最美的你
微妙的东西谁来袭
把你放到我心里
我在远方守护你

幸运
爱上诗歌
爱上你
美的瞬间

回
味
你
……

枕月光入眠

和我一样
越来越贴近
你的
心

月牙儿
是长夜的唯一
红尘深处
我已无力表白

夜来香
曼妙地舞动着思绪
心湖中
涟漪层层
等
待
徘
徊

月的
微光
一半白
一半灰

静夜
指尖拨动
隐约
花开春暖

桃花春事，红了谁的情缘

远处，流云告白
倘若醒来，请你温柔以待
去拥抱，春梦归来

玫瑰，在滴血中悯哀
气息，在美妙中深埋

模糊的视线，饱满的形态
滚烫着漫过，娇俏的容颜
相思良辰，怎比梦的香甜

新词低唱，闲愁寄语缠绵
瘦了红颜，锁住空楼云烟
桃花春事，红了谁的情缘

从春到秋，没有一丝温度疼怜
又何谈，把沧海守到桑田

月下独酌

一只花蝴蝶,飞过
故事就此,种进一首诗里
日子开始掰着手指,眺望明天

风来了又走了,没留痕迹
怎么能走进,蝴蝶斑斓的世界
天空中,鳞片慢慢不见

未曾表白,从南到北
满眼的绿,依旧空荡荡
我小心翼翼地捧着泪珠,对望

烛光泼墨,吟诗对月
窗外,荷花的一点残红
在梦中涌动,升腾

别说晚安

用个浪漫的方式表白
一个句号锁住阳光

四面楚歌，一首乐曲
钻进了骨髓，用一个网
织进梦里，醉生

一幅画，一堵墙，一扇窗
静静憧憬于掌心，哒哒哒
回车，直到发生蝴蝶效应
按下取消键，一无所有

烟花之色

自从诗有了生命,风柔雨细
花浓,色素写满天空

一只鸟,飞进童话
惊动了西施,嫦娥也舞出月宫
自由自在,在阳光的春天里

故事,在高山流水中重逢
云朵,在五彩中漫步
片刻的安逸之后,黑暗穿越时空
烟花,四射

流星之所以美丽

流星之所以美丽
是因为指尖上的曲
太长
如流水,曼妙的舞姿

一张邮票,寄到远方
却被零星片片雪花折碎
飞扬

所有的音符
蹂躏太多时光
任风雨在海上撕浪

醒　来

月亮坐在叶子上
枕着翠绿，与梦相拥

满枝繁花，跳跃着
似我们的爱情，无数激情
都刻在了星空

我没能抓住，万种的风情
由远及近，跑着调
从梦中醒来

雨，被凛冽的风
洒成河

飞 翔

天空辽阔
春风和白云,一次次
掠过故乡

荆棘丛生的路上
铺满了金色的阳光
山歌唱绿了山脉
小草修饰着花香

此刻,我站在大地上,正在
学习一只只飞鸟
渴望打开自己的翅膀,自由地
在晴空中
飞翔

第二辑

情缘何处

虚 幻

漫步人间
被动地接受喜悦,忧伤,和
古老烟火的熏染

作为凡人,我
不得不习惯悲欢,离合
不得不面对艰难,冷暖

只有在月光下
才可以查看伤口
冷敷痛感
只有端起酒杯
才可以梦回故乡
跑回童年

不知道,远方
会有多远
除了云雨,山峦,还有
花朵,哲学,或者

深渊

提笔,写意天涯

无奈,相思意乱

春风入梦

琴弦上
海水奔涌,夹杂着
元曲的隐痛
宋词的情长
画中人已驾鹤西去
枉凝眉中
万事早已皆空

枕中春梦
燕语莺声
几滴蜜色的晨露
点缀着思念香浓

寒霜浸染
岁月峥嵘
电闪,雷鸣中
灰色的时光,瞬间
裹紧了风声

情履泰山

一路上,我会时不时伸出手
大口喘着粗气,步履蹒跚着向前
感受着这里的空气,的确神奇
且伴随远道,踏诗的香味

风月无边,不为约定
笑靥满山,不知不觉平步云端
林海松涛壮美奇观,此生无憾
一切多美,有你在身边

记住那个秋天,泰山为证
喂养你时光,许下一生诺言
多年以后,绝不允许
他处,有情风
弄弦

生命中不舍的旋律

太阳在山坡上，给
树丛、草地、花朵
着色

一朵朵云飘过去
加深了我的孤寂

每一个房间
都在切分时光
每一滴水声
都在破壁

相 遇

一粒米,遇到水
是孤独的
一碗米,遇到水
是幸运的

很多时候
你都在感叹
命运之手的乏力
很多时候
你都在失眠
用月光书写着
漫长的思念

风雨过后
海,与船,继续
制造波澜
风,与帆,已
遁入过眼云烟

情　愫

黑夜来临，手机那端
传来一个熟悉的声音
"一定要陪护好老人"

不知是云太厚，还是
情太深
窗外，电闪雷鸣
屋内，我已
泪雨纷纷

时光洁白
一滴滴透明的液体
缓慢地渗入父亲
苍老的年轮

树木在摇曳
很多人开始，在这个世界上
谢幕
但我绝不肯接受，那
烫手的孤独

告 白

秋风中
一片叶子,摇曳着
相思的色彩

阳光下
菊花盛开,蝴蝶自来
知了声声,恰好是
一阕情爱的词牌

天空中
大雁南飞
离愁难耐
一枚红叶,就是
最真的告白

我一直在这里

我一直在这,在这里眺望
眺望远方的你,是否别来无恙

如果,如果没有那场雨
叶子怎会睡去,风云怎会哭泣
呼吸又怎会被写进,一首诗里

与你,永别万里
从此,人生不再美丽
思念被风,远远地挂在天空里

记得那年,花香满地
流云的思绪,充满回忆
有你有我,点点滴滴

月光,同我一起写诗

树叶哼着小曲,来到我身边
你却没有再出现

远方,一定也会有轻柔的
我们的,夏日的白月光
温馨的小调,动人的音符
时而,铺开卷起

那曾经的海,依旧在那
春暖花开,却被定格在秋风里
我怎么会不想你,你的点点滴滴

画上一朵云,静听奇迹
月光,同我一起写诗
传递

你是我的玫瑰

山的那头,青绿了的时候
收到一份,莫名的祝福

风雨后,万劫不复
小诗,将黎明种成玫瑰
守望着,朝思暮想的花蕾

远山近水,不再有惊喜
泡影也被刻画成,一朵
诗玫瑰

寄一缕清风给你

一缕清风
温暖了,漫长的冬天

不经意间
夜空一角,点缀一颗星
照亮我心中,所有的黑暗

这,一泉甘露
每天赋予耳边,生活渐渐有了色彩

岁月,携一缕弯月清风
将青丝,绕成红线

泅渡在你的眸子里

眸子里的星光,不小心对撞
呼吸与你,在同一个韵律上敲响

跳动的心房,新生的流光
正扇动翅膀,学着飞翔

听高山流水,江河汤汤
楚歌,来自四面八方

小草依旧,痴痴奢望
不知何时,太阳悄悄挂在了天上

在远行的路上

风从春到秋,不知疲倦地吹着
日复一日,年复一年
就是吹不到,我身边

一首歌的经久,一段情的绵长
终会在最后一滴血中,被遗忘
我向天跪拜,那一场暴雨
和而后袭来的,一杯苦酒
能否与,大地同眠

又起风了,尘土无声
一束明媚的阳光,从悲痛季风里
散发出,冬日里的芳香
化成柔和的春水,甘泉

对 视

一只羊与狗,偶遇咫尺
无风无雨,片刻的对视
便,各奔东西

没有悲喜,没有呼吸
在这繁花的季节,疼惜
消失在,谁的画面里

游走的笔尖,不息情谊
悲愁垂涕,寻觅

光芒里的尘埃

借一种符号,为情铺路
隐藏的酸楚,慢慢散去
泪水种出,金曲名著

一场意外将一切,尘封记载
诗情入楷,没有节拍没有色彩
路上,悲伤似海

莫名的一座山,带着微笑
将黑夜里的伤痛,驱除体外
为我,还原一汪碧水
清澈无比

就趁着,夕阳还没有落山
齐唱一首,最美的歌吧

听不见的声音

小草，在阳光下
被风吹过，似花瓣在笑
我凑过去，静静找寻属于自己的
那份时光

我不知道，从春到秋
眼睛里的湖水有多深
也不知道，一个人要怎样
才能变成一首诗

曾经和现在
身后有多少无声的飘落
黑夜再次慢慢退下，昂首
有一种形式上的重生，而我
只顾一路逆风奔跑

如果有一天，风停留下来
会不会抖落一地的金黄

如果能听到,风的声音

夏天的风,花鸟着色
姿态万千,骄阳一片
而我,只是穿梭在风中的一只小飞虫
而已

如果能听到,风的声音
我愿穿透肌肤,抵达谷底
沐浴整个世界,破解那个秘密
就想,就想与风有个约会

或许,或许轻触你的呼吸
或许,明天不再有今昔
或许明天,梦中有你

一首诗里的歌

当群星闪耀,月亮映出水面
大海慢慢改变,世界开始转换
戈壁滩上,清泉涌现

滚烫的太阳,金黄的麦浪
正治愈田野中犁头、镰刀的美愿
炊烟袅袅,锦翠腾苑

河岸上,放眼大千
迷恋一首小诗,走向深处种菱浅
拨弦,加冕

傲 骨

我不知道，大地与天空的距离
也不在乎，风与云的呼吸
只仰望，一株草的高贵
一棵树的伟岸，一盏灯的美丽

窗外，炉火燃起
一路花香，不谈悲喜
一番云雨，不断缠迷
一川风月，不会一体

我愿，肝脑涂地
雨，偶卷珠帘，忆盈盈清水
许下一生誓言，思情寄笔

一个种诗的人

每一寸土地都有一粒种子
每一片泥土都有生命的果实
每一粒庄稼都有高昂的头颅

那些留不住的雨水呀
想怎么吆喝就怎么吆喝,从不躲藏
阔步流向小溪,江河,大海

不问风向,不慕风景
一路,携着风含着蕴戴着雨
守身如玉,低头做一个种诗的人

说冷就冷了吗

你走了
海枯了,山也空了

晴朗的天,让一封书信遮盖
我无法忘记你的容颜,而
雨水仍不停洗脸,心神惑乱
眼睛的疼痛已藏不下,对
远山的眷恋

又是枫霜满天,四面云烟
我提笔,写下思念
对月千番,只能与梦相牵

然而,更多的时候
我还是会将断弦的音符
拼成小曲,暖给人看

眼睛里的幸福

举杯的那一刻，我认识了你
从此，我们就成了
童年梦里的好兄弟

整个夏天，一切都是安静的
突然来了一阵小风，大树下热闹起来
孩子、妇女、老人
还有不甘寂寞的小虫与蝉
合奏起，优美旋律

走进，一幅画
去追溯，时光里的故事
歌谣里，有你扛着阳光的样子
嘴角，绽放着幸福

或许，有朵新云在靠近
在一壶茶，一杯酒里

纯净水

故事任风雪相欺,之后
被凝视为一幅画
日日书空对月

我看见,叶子纷纷落下
没有带走黑夜,直到有一天
门外的光亮,发现
并带着光,与我打起招呼

一切,都在纯净水中萌芽

夕阳背影不显山,也不显水
默默将万绿丛间的一株枯木
修成一座山

春梦不如秋梦长

我以为,秋风吹秋雨凉
秋梦自然是好不过春梦
谁料,春梦不如秋梦长

一段路,往深了说
一盏灯、一个梦、天空、大地、呼吸
一望断人肠

一段情,往浅了说,
一本书、一杯茶、阳光、花草、鸟鸣
一唱诗骨犹香

可是,你已进入了隆冬
却能随风,致意残阳

面朝大海

有一种灯,亮在高处
我用碗底清贫的月光,哼着自己的旋律
梦想,做那一盏太阳

那些多愁善感的云呀,正
吞吐着人群,哈欠连天
也不知,谁窃了谁
有阵阵黑旋风,一直出没盲道
夜越深,毒香越浓

咬噬的肺,从不惧血色拥挤
竭力推开一扇小窗,等天亮
面朝大海,会有一轮红日
升起

在山前

跋涉千里,我终于站在你面前
第一次接触,这样一种蔚蓝
亲近、清澈、芳香
所有的生活负重,统统冰解云散

起风了,涌来那么多云
和秘密,还有一片落叶
不知,会飘落何方

一切,都
与山,有关又无关

断桥湖边,有一树暗香浮动
我躲在,一个安静的角落
书写两个人,岁月里的风景眷恋

也许,有一天
会被雨水,打落

月亮含香

熬过了寒霜,会看到你的脸
和那双迷人的眼
无限柔暖

月亮无须笔墨,写下诗行万千
谁又能说,月亮只代表忧伤
火焰百感

今夜,星星爱上了月亮
我将深情融入血液,胸口
贴满眷恋

虚构一个故事

我时常会将你的名字
写在虚页空白处,附上几行小字
填满空虚

一场秋风冷雨之后
庄姜,从《诗经》中走来
安慰空旷的心灵
头顶上,星星照耀着古今

一股热流,穿透呼吸
风一吹,眼睛里就溢出了水
汇成一条河,慢慢
去追赶,天边的云彩

而我站着,没有走近你
我要把黑暗里的光阴全部驱逐
放进好的阳光,就这样
一个故事,开始了

夜含情，风含意

遥望星空迎着目光

走进你的天边

思念坠落心间

梦里梦外字里行间

醉舞 缱绻缠绵

夜依旧

风依柔

蘸一滴墨香

掬一捧相思

润一笔情缘

握一手温柔

醉满笺心语

吟风花雪月的千年沉香

弹一曲琴音袅袅

剪一段柔情脉脉

琴随清风

醉在沙漏的光阴里

醉在繁花的香味里
醉在夏意尽染的五月天

清风徐来
呼唤漫过心弦
着迷
湛蓝神秘花园

梦的渡口
合奏一曲天长地久
任一阕阕瘦词
织紫梦一帘

几何时
凄婉变成从前
愿时光轮转
你我一如初见

清风
醉落眉间
隔一片深海
指尖感受你的心湖
涟漪

轻叩芳心
驻足
整片蔚蓝

许
我期盼
所有遗憾
任花开花落
深情依然

深夜想你

苍白的眼眸
在黑夜的寂里
寻找你的影子
呼唤你的名字
已不在灯火阑珊处

思念
没有借口
没有理由
悄然飞过彼岸
心
沉没在回忆里
身影
模糊了夜的蔚蓝

如若
你已不在浩瀚的夜空中飞翔
我何须在苍茫的大地上远望
你给我

一米阳光

我给你

一片春暖花香

一个人的念

两个人的苦恋

落花中

碎影成梦

月夜

长成深秋的离愁

多想

擦去每一粒雨滴

多想

不再轻言离殇

多想

多想把你写成一首诗

读

你

永

远

多少个夜晚

多少次思念

花落含香

染指秋凉

没有了色彩

没有了温暖

夜风中

让梦轻落在你的枕边

凝结成一份无法替代的情愫

轻轻念

缓缓展

一塘清风

辗转经年

对倩影

许期盼

空叹

泪洒一泓湖水

碎落

深海花雪的飘逸

面对自己，秋美冬暖

花开时

美丽记住了我

花落

我就是树上的果

心怀感恩

敞开

心窗

面向自己

你就是

秋天的硕果

热爱生活

你就是

冬日

暖阳

黑暗

俘获的必是

一颗黑暗的心

坎坷

吓倒的

只能是面向大海

望不到

彼岸的那些人

如果

选择了我的是

草原

我就喂马

做好

自己

如果

森林选择了我

我就劈柴

为自己搭建一个

美丽的木屋

热爱

我的生活

面向自己

秋天

定是最美的风景
心窗敞开
冬日
送给你的
也是
暖阳

悲伤
那些海边的黑色幽灵
它们望着大海
站成绝望
我呼唤它们
回头
是岸

面向自己
面向自己吧
秋
美
冬
暖

风儿，你尽情地吹吧

是
谁的
手指尖
如此温柔
轻轻地撩起
蚕丝薄衫领口
喜欢这样的偷袭
任其穿过沟壑
热雾中漫游
游成万千
欢快的
鱼儿
在
我的
领地里
肆意劫掠
热爱这只手
掐入再深一些
伸进我的颤动里

摘来雨的凉爽

雪花的冰寒

丢入我的

沸腾里

……

是

午后

的海风

舞起我的

长发

不小心把手

闯入了

我未有设防好的领地

不是盛夏做媒

我又如何

会轻易接受

爱上

一个不速之客

你轻松的舞姿

踩着浪花而来

染浸天边整片彩云

挟着海鸥

在这片芦海中飞翔

穿过绿野

飘浮着万紫千红的芬芳

奏出激动的乐章

描述着清凉

一份惬意

蹦蹦跳跳的水珠

是那芦苇荡漾的泪滴

击打着放飞的心灵

跳跃着丝丝的恬适

好凉爽好凉爽

心净了

静成夏日清风

我在星河中把你默念

书一纸的情缘

作一首小诗

送千山万水中的你

浅握夏风

温情眷念

不为霞紫悸动

被春风煽情

为你春水泛滥

浮动暗香

任恋撕扯

挽一缕

清风

描时光缱绻

画锦瑟繁花的你

在月满星空下

携手缠绵每个露珠的晶莹

让色彩斑斓的我

忙碌中

尽饮一杯想你的乐
闲暇时
寻找墨香的暖

邂逅一曲
高山流水的琴音
香潜心怀
让心灵不宣相知
暖春的夜
绽花开万娇千艳
月色邀你
摘盛夏果实里所有
粉红开裂
待天高云淡
与你心境坦然面对

花落叶黄
静赏
雪的素雅纯净洁白
觅一路的足迹
写一首
心灵相照的诗
藏入生命的香囊

在岁月的寂和静里
记住
你的好

有你的时光
沁心的暖
你的声音和你的身影
是我全部的缠绵
和柔软
总让我失足
滑入想你的长河
被丝絮
束手就擒
让我说尽对你的感谢
感恩你温热了我
从初春到这个盛夏
全部的凉意

春爱上了花
花就怒放
我爱上了诗歌
你的美注定我逃不过
雨的眼泪

被彩虹擦干
让出了整个天空的怀抱
我愿
是你星河一枚微小
我只要你
在为月写诗的时候
记着我在星河中把你默念

天天好心情

阳光暖
晨风送来花的香
小鸟唱着动听的歌
在荷塘里微笑

诗
词
曲
赋
演绎出的篇章
在字里行间行走成柔软
醉在
爱的合奏曲里

我情
你愿
深坠其中
画个圆

把深藏的爱和祝福
枕在枕边
让它
潜入梦里

从今天起
伴随我你所有的光阴
将生活写成诗
唱响
生命的歌

一滴水

黄昏里,风云一起沉默
直到我再次醒来

我坐在一棵树的年轮里
按捺不住的火的热情
学着李白洒下月光

我不抱怨,地层里的气流
我要感谢,那里的寒风冷雨
让一只麻雀,成为尘世中
一个主角

笔下流云,纸上凝花
点染青山碧水,让一滴水与血
成为命里的金

挺 住

我钟情于岁月
白云,流水,还有千奇百怪的风
一切,似都命中注定
就像爱情

夜色迷蒙,那时的青春和故事
被一种熟悉牵引着
有轻有重,还有无尽的惦念
终于有一天,柔软的风
打破常规,春水荡漾

忽然骤雨惊雷,将璞玉
劈成,一位
断臂老人

上苍对我真好

寻遍

天下每个角落

寻不到你来时的气息

走不进你的

心

事

走不近你

灰的天路的远山的高夜的长

一转身

不小心

湮没了阳光和游云

乌云

能遮住太阳吗

我怀疑

看

铺天盖地的跌落

带着最后

仅存的一丝余温

不知是远行
还是逃离

脚步
远了
我还可以
一
步
步
向您靠拢吗

睡了
醉了
沉了
我可以
一
点
点
将她唤醒吗

岁月流逝
我可以
一

寸
寸
将她填满吗
找回一个温柔善良

灵魂
注定勇敢
只是
命运留给每一个人的时间有限
死了
死在寻路的路上

天空
依旧灰蒙蒙的
干燥 萧瑟
这个季节认识了你
我想说一声
上苍对我
真好

写给路上

当
晨曦染红了海
我
伸出手
轻抚
你的眉结
春天
已不再是春天

当
月
穿透流泉
守着寂寞和思绪
拉长了
夜色
吞噬了
心

微风细卷

清香摇曳
踏月
执笔落花
任
思念缱绻
读
千遍
将你眷恋丰盈轻描淡写

隔帘
握不住清冷年华
斑驳容颜
两鬓雪花
从一数到九
从九数回一
多少丝白与我连

余
一袭瘦影
掩了薄月
醉了断栏
今夕明夕
又是何年

曾

几何时

落红飞

舞翩跹

浅浅，淡淡

春芳菲

心迷醉

花开彼岸

再梦还

静守流年

暖清欢

一抹浅笑

心

修一朵莲

不为相见

只

为

暖

在岸上

面向大海

黄昏

在岸上的血色里

伴我在踽踽中独行

不知疲倦

望着

远方

彼岸

一枚平凡

平凡地做着

一件看似平凡的事

春的激情

点燃

夏的火焰

狼狈中归来的苦

痛

仓促逃窜

骏马

狂放不羁

疯疯着癫癫

浪荡路的五彩

要去什么地方

给什么人

无须猜

金星低垂

将闪闪光点轻洒海面

河流

笼罩山峰

掩盖了海岸

谁又

理解谁

闭

眼

将会看到更多

更多曾经看不到的

不知道

也不想知道

不在乎

忘了

想

说些

什么呀

又哭又笑

结结着巴巴

片刻

空白一片

很多人

就这样在岸上

似

梦中的仙子

轻而易举地掌控着

面包

在岸上

灵魂必然

要缓缓行驶

渴望

看到海面上所有浪花

倾斜中

冲刺而来

来向我咆哮

在云上

你说
喜欢雨
下雨时的你
伞下
说着我喜欢

你说
喜欢太阳
风柔日暖时的你
躲在阴凉处
说着喜欢

你说
喜欢风
刮风的时候
你
紧闭门窗

我爱云

飘逸
自由
恬淡
诗意

看
外面的世界
天高
云遥
柔情万种

遇
失之交臂
恋
没有
结局

从头到尾
阳光
照的始终是
侧
脸

闲
适
去留无意
云卷云舒
逸远
淡泊

云儿
变幻莫测
心
口
不
一

海儿
湛蓝透彻
悠
然
自
得

想
坐看云起

静听落花
唯诗词柳暗花明
恪守净土

把心
播种云里
你就
站
在
云
上

在海上

一个人
在海边
看海
看海把朵朵浪花送我眼前
近在咫尺
心
却净得出奇

看
只有
我和海
呼吸与海的吟唱
合
奏乐一曲
天长地久

夜的海下
海水净化了心灵
没有

一丁点杂质
无边的海面
心
宽了

海的夜下
浪花亲吻着岩石
醉倒在海风的怀里
就如
一张白纸
只
剩下
海和我

月亮升起来了

月亮在天空
惹来猴子捞月的故事
也不知道,月亮究竟创造了
多少诗人,舞影零乱

月亮升起来了
柳芽笑了,柔肠细诉
深饮,这杯酒

星光中的火花

一粒种子长成
有花无果,艰难地呼吸着
无论,白天与黑夜

有一天,小鸟飞走了
致命的伤害,迷茫的尘埃
无解的悲哀

匠心说
眼光清楚星光的火花
重做系统

在生与死,死与生间
延续生命,一颗小星星
懂得,太阳之母
希腊神话中的传说

只存在于纸醉金迷

一张网在夜里铺开
天南海北,翻来覆去
撒网,对峙

偶尔用一支笔
将心掏出,晒晒
也许这是疗伤的最好方式

此时,蚂蚁穿心的痛
下雨了,越下越大
浇瘦了风
似能嗅到苦涩的鼻子

睡了,与长夜一起
从此,只存在于纸醉金迷

冬眠之后

褶皱的树枝,含笑离退
枯叶痛哭流涕,梦碎

热血,没有轰轰烈烈传奇
却留下刻骨铭心的别离
故事里,写满回忆

曾经的悲喜,不分节季
在诗里种下无数甜蜜
风声在梦中,洋溢

高楼远去,渴望那里有片绿草地
有花有果有奇迹,期冀
冬眠之后,生命也许会点燃新的瑰丽

你就是秘密

如果两个人在一条河上
那么浪花会掀起滔天巨澜
故事里的豪放与温柔
会与诗词韵律拥恋拨弦

我知道你在一首诗里等我
里面有麦田
不知道,风什么时候
把麦香吹到我唇边

为什么,那无形的火焰
在梦中微微月蓝,深谷里我听见
暴雨来过,却没留下底片
血液在路上,越来越孤单

我穿越赤道,挤进一朵云彩

黄河的水,一去不复返
生命在诗中鲜活,闪烁着光彩

在某个瞬间,前所未有的遇见
从无知到深渊,也许
一场风暴来袭,莫怪

一切都先你而来,视你而开
飞舞的泪珠,向上撩惹红腮
莫问两根琴弦,能否发出同一音阶
春梦,任你主宰

我穿越赤道,挤进一朵云彩
影影绰绰,似拥你的胸怀

生的边缘

假如一阵风吹过没留下遗憾
那么一朵云就如青烟魂牵
不要说苦涩的江水不会流干
记忆会望断天涯里最深处的悲欢

文字里的冷暖
岁月里的胶片
在蓝天白云下,迎着风
舔着伤,走过漫长的冬天

诗在国度里,流长悠远
歌在回放中,单曲循环
情在故事内,念暖唱浅
泪在山水间,滚烫痴缠

真想用一种意志
编织成美丽的花环
那里有纯真的笑颜
有梦里梦见的家园

有心有所属的美篇

转过身，擦干泪
无所谓有限还是无限
就让阳光下嫩绿的星星点点
开遍大地每一个角落边

生命尽头的尽头

忘不掉相思泪成雪的日子
本以为生命已到了尽头
然，血未冷情未了地残延
让泪眼在惜别字典里
啼血书写成冬的座右铭

一个纯白色的世界
满眼的白从不期而遇到如期而至
都停滞在同一时间、同一地点、同一个人身上
用同一种语言，讲着同一个故事
有人说这也是种相思病

又路过这里，而你已不在
再听雪飘落声音的时候
已没有从前那种曼妙味道的清欢
天空会做梦、星星会说话、石头会开花
也都随之成为童话中的神话
从那一天的那一刻间，闪电划过心脏
一切似乎都没有了生迹

光景惨淡前景茫然
白天黑夜用文字垂怜
生的边缘时光没有了光圈
直到你的出现
把阳光重新牵回到我身边
生命慢慢有了轴心线
眼底，开启星光点点

假如我是一朵花

假如我是一朵花
而你是一阵风
你会悄悄来到我身边吗
抚摸我的秀发

假如我是一首诗
而你是创作心灵的源泉
我要用最美的文字
亲吻每一份的阳光和雨露

假如我是一朵云
你就是蓝天下一首最美的歌
我不想再假如，就想把假变成真
让真情把伤抚平

阳光下情会熠熠生辉

夕阳倾斜几度
才能看到你的美

朦胧岁月,告诉我
云梦,缥缈虚有
你的笑,却定格永久

小桥流水,耕耘暮昼
牵魂萦梦,田野里织绣
枯瘦的美,在阳光下熠熠生辉

一首歌可以唱多久

一场骤雨，击穿了盛夏午后的太阳
刺透，我的胸膛

噩耗那天，电话那头传来
我的星陨落了，世界
突现一曲贝多芬命运的悲怆

我疯狂地扑喊，黎明无望
再也触碰不到体香，紧攥你手心
雨泻，寸断肝肠

晓风残月，隔空寄语疗伤
我不知道，多少个春秋
梦里，依旧痴狂寻芳

我不知道，已过多少春秋
一首歌，还要唱多久
才可以抚平，昔日的
情殇

狗尾草

家门前,有一株狗尾草
每天和主人一样,静静地
看护着家园

雪花狂舞,这长长的寒夜呀
睡着都在遭罪,有人说
勇敢、坚强丝毫没用
只能任冷风,劲吹

试问,天南地北的当下
还有多少,和我一样的战士
多少个,人已非人
卑微地祈求,哪怕低俗

如果有一天,所有的雪成为谎言
所有的味道,被找回
那么,整个风暴也抵不过
古老的语言,唯有爱情

很痛的温柔,在黎明到来之前
狗尾草的根系,继续
迎风拔节

第三辑

笔韵春天

夕阳下的春天

时光恬淡
流淌的小河飞溅的音符
协奏着黑色的落寞,和
蓝色的孤单

我们坐在夕阳下
一起,吟诗,赏花
倾吐思念

晚风吹拂
几只小鸟,勾画着天空的虚幻
炼丹的人早已作古
修炼的人尚未成仙

是的,青春已逝,徒叹苦短
韵脚处,有几个文字
忽明忽暗

春 心

一入春,云就架起高桥
我拖着严冬的尾巴,走在田野上

梦与眼前景色,分明得有些茫然
温情的手,斟满了柔情蜜意
不安的狂热,热血沸腾
帘子下,不眠的精灵醉饮着
甘美的酒

从白天到黑夜
心花怒放

春 醒

山醒了，风柔了
睡着的小溪水，欢腾着奔向远方

一帘幽梦，在孤灯冷月中弄影
冰冷的世界里，一个声音缓缓走来
让似躯壳的绝缘体，逐渐升温
重生生命的生机，重读大地回春

一路向前，细水长流
诗海如潮，绿茵无边

我在春天里送你一首诗

今夜,多好的月光
那么香甜,纯粹和安静

有朵花,不美
却掩藏不住高雅
温柔,如此甚好

风,没有掠过风
我怀揣着,一个梦
在春天里,送你一首诗

你就是我的风景

春天里,清风吹过
有一朵花做客
我的微笑,在阳光下绽放

离别的那一刻,寒风紧裹
所有的薄凉,氤氲成锁
一场雨在眼窝,上课
不敢眨眼,怕扰你的梦破

那一缕清香,随风向左
我将泪,融入诗里
去喊醒,我的风景

柔软的阳光

你的眼睛,有一种美妙
我执墨染,纸肥笔瘦
未能,狂舞斑斓

我没有体验过你柔软的阳光
也没有唐诗宋词里诗句的凄婉
没有必要去追寻一杯浓酒的充溢
只是不想虚度不想被惜惋

天空下有多少柔软的阳光
各不相同,热闹非凡
多彩人生,不知苦短

真想走进,你的春天
让你的香甜,滋润我心田

春到柳梢头

春手,敲窗时
柳芽,笑出了声

有流水,有鸟鸣
没有仪式,悄悄然
名词变换为动词

或许,窗外
还不美丽

随 想

很多时候

也只能装聋作哑任风泼撒

就像天空中的星星

站得再高

也只能在黑夜眨一眨

倒不如

哪纯净上哪

或许能偶遇一匹白马

被风吹过,那个美

无论什么时候,什么情况
总有些跟风的人,且不知疲倦
即便遇上良辰美景,又奈何对谁赋心声

春深,独行
在一片花海,不知道
有没有一朵,属于我
眨眼柔风吹过,又到了
下一个节季

夕阳下,两朵云
被风吹过,似江边波浪
不停翻滚,那个美

回 声

小溪抛着媚眼，哼着小曲
不停地舞动着，也不知道给谁看

一阵风，一阵雨
过后，树下的你
留下，满满的伤痛

看着白云，随风远远幽幽
慢慢地飞着、醉着

叹息声，似乎懂了
真诚地，做个回应

雨 水

窗台上的海棠花，笑了
气息，击碎了寒冷
枝间摇曳着，春的序曲

我推开窗，闻到了泥土的味道
丝雨悠思着弱柳
小草、树木被吻出浅绿
春天的故事，丰润起来

巷子里的悠长与色彩
让藏在，冬天里的风景
湿漉漉地走进唐风宋婉
诗情的我，开始与花对语

阳光与空气

一场大雪后,枝头挂满
坎坷、沧桑、迷茫
寒风猖狂,起伏的皱纹堵塞成网

落花手忙脚乱,左顾右盼心中的月亮
奢望,路上有微弱灯光
你的能量,可否诗情渡我梦想

斜巷,隐隐我向
我向春天索香,着装
旋律,正深深碧漾

许一夜宿醉,诗情已然芬芳
阳光与空气,正如身边的你
时时滋养,温暖明亮

春天的约会

岁月里的疲惫,装满了眼泪
青春的舞会,千娇百媚
与谁相拥,入我心扉

鸟鸣的清脆,激情的放飞
阳光下,绽放万朵花蕾
再次体会,红豆的滋味

与你重逢,是春天里的约会
往事成灰,温暖破碎
甜蜜,我仍在苦苦寻觅

你是我的绿叶

你骨子里透出的芳菲

锁住了我，孤单与落寞

紧拥着这缕风

情愿窒息

在美丽春天里

枝头上的那片绿

点燃鸟语花香，经典陪醉

一季又一季，追随

沉醉，不知所归

足迹，布满根基

你向我走来

你向我走来
就如春风温柔拥怀
让生命绽放七彩

你向我走来
微笑锁住我红腮
心随白云,悠哉、悠哉
漂洋过海,万里之外

我独坐烟雨,静静期待
期待相濡以沫来主宰
还有,柏拉图式的浪漫姿态

岩画里的鱼

撒一张网,开始向往春天
望眼欲穿,梦追魂牵

岩画里的鱼,群星召唤彩云拥缠
岁月里的殇残,深深浅浅
是沧海也是桑田,就不是你的娇颜

没有溯源,没有挑选
多少年了,一只船
一直,找寻永远

一个人也有春天

一个人的春天
一样会香到风里面

绿叶托着欲滴,羞答答的花骨朵
笑了,小鸟唱着歌与蜂蝶
一起爱着春天

我在云端,一直托着有你的梦
陶醉着,幸福到星河里面

尽管风调雨顺,忧伤还是漫过
整个春天,我没有逃过
这一个人的春天,眼泪随着键盘
敲击得滴滴答答,湿透衣衫

也许泥土里,有你的气息
与魂相拥入眠,飞过河流与山川
梦中求圆,瑞彩翩翩

你就是春天

梦见李白杜甫,在长江黄河间
推杯换盏,苦等狂歌的奇观

她来了,香气扑鼻
媚眼,抛向星辰
或许有雨水,打湿过花瓣
或许有一只鸟,一棵树合成胶片

一束光,在黑夜里
跳跃,似在问
月冷千山,路又何远
有雪悄然而至,好风景的开端

四季中,你就是春天
我越过风暴,仰望高山学种诗田
静等黎明回归,春暖

一支神奇的画笔

田野里一幅画的朴实
让劳动人民笑醉了

瞧，太阳下跳动的音符
汗水在大地与白云间
铺红挂彩，一不小心
吻上果实的香甜

就这样，雄伟古老的方块名词
唱着古老的歌
年复一年，更迭着
唯见，岁月将座座山一样的脊梁
弯成了弓

故事无怨无悔，用一支神奇的画笔
托起明天的太阳

虚拟的玫瑰，芳芬万里

其实，也就那么一瞬
微风，轻拂我的身体
思念奔向，某人某地
谁又将懂得，缀满诗意

或许，千帆过尽
不染风尘，情殇无所谓

星星点亮灯芯，月亮做好嫁衣
小鸟微笑着，相偎相依
虚拟的玫瑰，也会芳芬万里

我向春天借首诗

我向春天借首诗
写尽冬日里的寒忧,舞遍大地神州
桃红柳绿,水自流

我向春天借首诗
与你携手共踏一道河,上高楼
迎接你的花开,你的情愁

我向春天借首诗
种下月亮,等你收
枕着风儿,梦千秋

我向春天借首诗
清脆的鸟鸣,喷发的血液
挟持着泥土,放飞温柔

一朵花的凋零

突如其来的暴雨,凋零了一朵花
而我,只能把情
握在掌心,用诗词求暖

在遍体鳞伤的天空下,我不能
也不想丢弃,曾经的那片海
无论前生与今世,虽然没有任何仪式
满天的鳞片,尽管被风吹得
越来越远

意外邂逅的你
请不要质疑,山水誓言
我的文字,会告诉世界
痂皮后,咽喉里的一口枯井
也会,再生春天

骨 朵

远处嫩绿中,有一点暖色
在向我,微笑

我疾步向前,凑了过去
一阵风吹来,带着浓郁的家花味道
怀里乱窜的小兔子呀,马上调皮窥望

四目对峙,笑了笑
已知是那隐形的叶子,骗了我
想想一起慢时光的日子,芬芳尽享

那掌心里的温暖,深远豪放
你永远,是我心中
不败的骨朵

月亮梦游到眼睛里

一撇一捺下，余情寄情
余霞成绮

无论是一种方式还是一种向往
春雨、阳光、桥梁
都激荡着如诗般的旋律
温暖着生命，成长

天空下，飞过你的翅膀
春风里，种下万千诗行
汗滴的流淌，一心为党

月亮，梦游到眼睛里
我也好想，为了大地的丰收
扬帆，划桨

把我牵回,有你的画卷

一走进二月
大地、河流、山川
就开始与春风对话
也有一粒种子
从我心里的泥土中
冒出芽尖

那些香浓的记忆,写不尽
春的缠绵
千里之外,请允许我
把心,靠岸

其实,花已盛开
只是,再没有你在
不知道,天涯那边
会不会,也生
浪漫

今天,有一场春雨

把我又牵回，有你的画卷

恬淡，灿烂

石榴裙下

我一直在,静等花开
风却丝毫不理不睬
蝴蝶按捺不住,撩人的姿态
舞到湖边

灯光亲近了昏暗,弯月心生杂念
身子不知不觉穿越了防线
河水泛滥,小鸟跳跃
欢快声,一段一段

石榴裙下,再不见
傲慢与偏见

委 屈

在这山长水远的尘世，偶遇
一朵花，向着春天开放
招引许多的蜂蝶，翩翩起舞

人群中，我与很多人同向而行
有老友，有新友
还有的，一起并肩走了很久

正是好风景，不知道
什么风，林花
谢了春红

雨对花说
每一首歌，都
不可辜负

一缕忧伤

一杯热咖啡,静静飘香
不一会儿,味道装满小屋
小曲悠扬

我倚在窗前,愁怀几许
将思寄向远方?不由
雨泪千行

想起离别,风景不停回放
凌乱了的头发,欢快地击掌
抓住的,却只是一缕忧伤

于是我蘸上墨香,将眷恋添成
一阕清词,一潭清水
低吟浅唱

一幅画,只为青绿

夜背着思想,无助地奔跑
一切都没有再现,屋里屋外
雨,下了一整夜

一幅画,只为青绿
一切都那么虚伪,泡影都找不到边
甭说,你会来到我窗前

一道闪电惊了世界,遮住了视线
不愿戳穿,无须表演
情怀狂乱,有幸心生一双慧眼

梦在云中,随风殇演
诗意落成花语,地长悠闲
我用一滴墨香,吟唱苦短

只想走进你骨子里,哪怕一星半点
余下的日子,诗意人生
会,越浓越暖

执 念

我尤钟情于,一片的绿
每天与阳光拥抱,与明月对白
隐忍一切的忧伤和尘埃

你不知道,小草的执念
也不知道,鱼离开水的险恶
更不知道,鸟折断翅膀的痛怜

一个救赎的音律,远行中自怜荼演
长夜漫漫,奋力呐喊
与诗长眠,从不与繁花争艳

生命的力量

不定的风，成就了石缝间一株绿
逆境中经受着雪雨风霜，磨砺
扎根、发芽、长大、开花

你的背影，笑容
已不在，化作一缕青烟
月亮，只能沿着伤口的方向
慢慢解读，疗伤

孤独仙子草呀，替代了寄走的时光
疼痛的目光，并未迷茫
竭力追溯庄子的模样，渐渐
石缝间的生命，让大地上隆起金黄

呼吸开始顺畅，心跳不再平躺，
一张纸，一支笔
还有一盏明灯，把阳光
装满心房，小曲悠扬

素描一个春天

岁月,不知成就了多少的美
所有的是非,风雨,坎坷,困难
都在阳光下淡去,消失
燃烧着激情,奢望,梦想

我忘了,是怎样来到这里
醒着,还是沉睡
星海里滚烫的玉珠,以及
一朵莲,盛世之外的眷念

片刻,一张素描的处方上
就爬满了平仄曲线,蝌蚪簇簇戏牵
隐痛挂在舌尖,我不忍添乱

真奢望,你的出现
能清爽我的视线,改变
黑夜里的黑暗,勾画出一抹青靛
素描一个春天

如果，如果明天的风
吹到，我窗前
欢愉的小鸟，会
柔情无限

自由说浅，有妙不可言的春天

向晚时，思想开始释放光圈
不谈微观、宏观，只求羽翼丰满
嘘寒问暖，笔墨相牵

无风的日子，干净的天空下
认真品缘，自由说浅
不问源头，所有的腥风血雨
失忆瞬间，痴恋君伴
青丝悄悄被白浪拨弦，旋律空灵旷远

一块璞玉，降临到身边
在海的面前，有妙不可言的春天
平平仄仄，频频泛起波澜
诗词传情，一尘不染

静在你的瞳孔里

深不见底的海里,有一朵绽放的玫瑰
那纯粹的美与完整,散发着光辉

一场雨,阻止了月光的脚步
云慢慢期待传奇,清波微漾涟漪
十四行里,寻觅你的痕迹

一杯酒咽肚,久违的阳光
在梦里相偎相依,虚实万里

穿越一阕宋词,诉尽凄风苦雨
一滴水,静在你的瞳孔里
脉脉含情,风景绝美

等我扑到下一个春天

也许还没弄清她的名字
花儿就谢了

真想把她的手,放到我的胸口
对视呼吸,感受美妙的瞬间

在乌烟瘴气面前,无奈地
割舍纯真的誓言,无论深浅

多少年了,从哪来
我漠不关心,不理不睬

等我扑到下一个春天
寒冷,绝不会再现

在风里

面对风,大地、河流、山川
从不会,书写悲哀
就如那些沉默寡言之人
心多痛,脸上都有一种美

谁也没有想到
你感觉不到的,是我能感觉到的
原以为你那的花也开了
其实,花尚未开就谢了

乌云漫过,下了一场雨
之后,满山青翠
我重回故乡,脚下的路
坚实了许多,尽管还有不少
沟沟坎坎

此刻,我走在春风里
发现,有嫩芽爬上枝头

解 药

无论时间怎样地轮回
潮起潮落,还会再遇见你

走在一起走过的路上
寻找你的影子,森林葱郁
一群鸟叽喳着,在聚会
羽毛抖动起来,都是那么的美
而我只能用笔尖,写下一笺柔肠

春水两岸魂牵,惹得云飞天边
红尘忧欢,怎知西边拨弦
又翻出一朵火烧云,起伏拍岸
并非梦幻,从早到晚

前面的绿,被一阵阵恶风紧裹遮拦
天地不幸陷入黑暗,无药可救
黑夜里,残喘

你的目光滋养着清香

一只鸟在广场，蹦蹦跳跳
曲调轻快，韵律悠扬
似是故乡，暮晚的炊烟袅袅

在这迷乱的世界里
喝一壶老酒，淡忘冷漠拭去忧伤
拾一缕阳光，点亮黑暗的灵魂
任黑夜漫过风霜

一棵腐烂的树，在某一个角落
是否悟出蝼蚁的奔忙
梦想没有节季，折断了的翅膀
也会指向心的方向

你的缕缕清香，滋养我的诗行
岁月的河流，会抚平痕伤
我歌唱生命里，所有
卑微的辉煌

生 命

一首诗有多美,你有多美
足够一生用心品读
让别离之苦痛饮千古
你是别离的种子,也是下一个别离的
大树,年复一年
直至别离在梦里相遇

一曲光阴里故事,在案头反复播放
然后栖息,在短暂的书香
悲戚,然后崛起
微笑着,让这故事继续演绎
不要停下来,瞬间雨泣

诗词韵律,静静种在路过的风景里
储满了风雨,和深情
还来不及赏析和涂鸦
便汇聚成一条长河,每一天
在黑夜里睡去,又在一滴露里绽放

第四辑

情深似海

我敬岁月一杯酒

从未想过,雨会挽着雪的手
不邀而至,试问苍天
一场热吻之后,又能对饮几盅

记忆睡在了春天,为何让秋来收割色彩
阳光喂养着善良和平凡
却被挂在枯树的枝头
我只能,远远敬奉岁月一杯酒

污浊的空气,吞噬着整个世界
洁白的口罩下,已找不出往日生动的表情
语言和呼吸,为诗歌
留下多少酸涩的泪滴

这秋风剥离了,太多的负重
一切,都在一场雨雪中
被抒情

残阳下

母亲在路上

被撞伤

大片的残阳

溅红了长街的空旷

听不见手术室里的声音

听不见母亲的呻吟

我不停地在门外徘徊

不停地用祷告,抵御

痛苦、焦虑和悲哀

终于,医生和昏迷的母亲

从里边出来了

虽然手术成功

有惊无险

但一串串泪珠儿,还是

打湿了母亲的床单

远远地行个跪拜礼

我问苍天
一场雪写的状词,能否重生生命

不堪回首
那些被日子折磨的血迹
那些一遭环着一遭的恶梦
那些摔碎一地的伤与痛

多少风雨
让太阳、月亮、星星
陪着流涕
大地跟着崩溃

指尖渗透着血泪
额头紧锁无味
青丝染满双鬓
泰山没了底气

凝固的血,铸成了一片云

我却无能为力
只能,远远地行个
跪拜礼

在一场花事里

新年刚过,我们家
心中的太阳,就落山了
片刻间,天空就下起了大雪
山遮、树白、河连天,泪干肠断

我努力学着,学着母亲的样子
不让大雨流下来,不让悲痛模糊住我的眼
不让母亲为我的苦失望、悲怜
我不停地亲吻母亲的脸,不停地摇晃她的臂腕
不停地喊着"老妈,别睡了,快醒醒呀"
这一刻,我感觉到伤口撒盐的滋味了
明白什么是,叫天天不应叫地地不灵的无望了

自打记事以来,母亲这棵树就干巴巴的
虽不枝繁茂盛,却有魏茫、苏成兰慈母的非凡
沙漠、大海、草原,还有在塞北的冷雪中
吃苦耐劳勤俭持家,忍辱负重流血流汗的滴滴点点
精心呵护小草们,茁壮生长的爱恋

不管生活袭来多少，寒风冷雨
不管面临多少，凌辱和苦难
您都没有丝毫牢骚、不满和怨言
母亲啊，您的慈爱
让我懂得，舍骨护情无私奉献的伟大
也看清了，人世间真正所谓真、善、美的冷暖

然，您却永远走进了梦里
在一场花事里，无言别离
我再也寻不见，您的身影、气息和慈面

不要成为，一个被酒附身的人

不论你如何迟钝
窗外的花花草草，都会诱惑你
如同酒杯里的倒影

秋风吹过，本地的气息
又自然地摇曳，毫无顾忌
幻想着与李太白且放白鹿青涯间
一吐半个唐朝

也许白云自带旋律，从未有忧伤
也许会有一个例外，或者被历史淹没
无从鉴别可怕的谎言下，洁白地绽放着
母亲每一滴血泪，擎起的整个天空

不想成为，一个被酒附身的人
不想翻动，也不忍再看旷野中刮过的风
被无边的悲痛捆在一起，真想面朝高山放声大喊
却被风灌满喉咙

红嘴蓝鹊把我的致敬站成光辉

我把思念挂在枝头
就如血液里,悬挂着的一轮太阳
暖热,每一个时节

母亲说,大舅年轻时
很帅,一表人才
可我记忆里,都是劈柴、喂马、翻地
佝偻的身影,和一口的乡土音
却唤醒了,沉睡的小山村

又见高粱似火,烈焰燃燃
染红了整个大美乡村
炊烟里的浓浓情意,飘进大江南北

看红嘴蓝鹊,站成一首诗
像远山隆起的脊背,驮满希冀
我致敬,光辉里的每一捧汗滴

暮 秋

暮秋,一个转身
人已在天涯,夕阳下
我用笔墨书写大地上,所有生动的光辉

母亲站在自家楼头,晒太阳
不知道,是车遇到了盲区
还是车主走了神,总之
母亲被车尾处撞倒,自此不久
母亲就睡了,没有再醒来

真想念有星星、月亮的天空
而当下天空已经漆黑,这是我
万万也不会料到的一种,离别方式
黑暗中,思绪随风似回到了昨天

那芳香的果园,落叶故事里重复着
母亲在时的往事

不死的灵魂

好长一段日子,眼睛都总是
缕缕晨雾般的,湿透
即使契诃夫、果戈理、陀思妥耶夫斯基
在纸上也刺绣不出,半丝欢乐的歌
日月星辰陪着我,尝尽人世辛酸苦楚

那些排山倒海而来的苦难,发了疯的空气
携夹着对大地的爱,一同走入泥土
那雪、那雾、那雨,多像舞蹈的灵魂
一路上,亲吻着我的脸

一个枯瘦的身影,地上地下
百年孤独,我懂
昨天、今天、明天
一切都静止在,这个春天里

我知道,一棵草的气节
一颗星的,伟大

阳光仍在，春天不远

今天寒光冷雨，让泪迷失了方向
哀鸣、硝烟、乌云
笼罩着天空，明天会怎样

黑夜不断惆怅，白云不停忧伤
多少眼泪夺眶而出，波澜万丈
多少祈祷默默祷告，祈求天亮
人心所向的风景呀，远远奢望
战火风云的魔爪，吞噬大街小巷

城里城外，梦已逃亡
那些苦战的红光，时而狞笑时而疯狂
所有一切的悲凉和悲壮
来来往往，只为和平殉葬

相信并坚信，正义会亮
罪恶终将深埋大地，永躺
别沉默，别彷徨
高尚信念的光芒，正迎风飘扬

扬起的风,高声呐喊随唱

阳光仍在,春天不远

从虚无到虚无

我在雪地上写下一个字
让血融于雪,带着
思恋与圣水

北方以北,荒芜的记忆
一直在梦境里,生生不息
我知道,那每一瓣雪花
都是母亲不舍的牵挂和希冀

眼见雪化了,从虚无到虚无
而我,却无法丈量出尘寰
与遥远的距离

我爱这冬天

路两边,一丝不挂的枝干
眼巴巴地望着,形似面包的行人
匆匆而过

一种莫名的感伤,让岁暮
画中迸出一位姑娘,裹足棉袄
风雪中,那两个羊角辫
上下不停地欢悦着,好像为庆一场席宴

恩惠的树木,闪着金光
昨天所有不幸,都被冬雪深埋
我用唐诗的韵脚,勾勒平仄
温暖情话,去迎接明媚的春天

十 年

一朵花开在月光下,香气缕缕
整个老屋,被幸福环绕

长大后,我远走他乡
楼外深深浅浅的星光
似母亲时时守护我身旁
鸟儿好怀念巢里无忧的温床
我崇敬您在日子里的那份刚强

十年,一个又一个
一杯苦酒里,也有
鸟语,花香飞过我心房
窗口窗光,只为岁月最深处的渴望

梦醒了,泪水随风流淌

整整一个星期,我都蒙头大睡
只希望,能梦见母亲

听说,伤口上会长出翅膀
我的翅膀,被滞留在一场车祸
母亲就此倒下,再没有醒来

好长好长一段日子,我的世界里
云都是黑的,且拒绝一切注入
直到次年冬天,偶遇悲壮而旷远的夕阳
那仙气灵光,乍现一道风景

梦醒了,泪水随风流淌
天空下,阳光明媚
枯草,复活了

挣扎的土地

曾经庆幸,自己是一只候鸟

可以自由放飞,南方北方

尽情欣赏大自然的美妙

然而,有一天

狂风巨浪肆起,浪花不再美丽

在海上,路在消失

世界正演绎着,这个年代里的故事

悲痛中,我们不哭泣

学会与挣扎的土地

同呼吸

冬 雪

一夜之间,所有的悲情
都被埋葬,在梦里守望和别离
摇身一变,春天就会痛哭不止

秋 雨

那是一阵上锁的声音
把白和黑拉近

傍晚的雨丝
把灯影揉碎,湖水像波动的心
泛着相思的涟漪

一条鱼游过,我泪湿眼底
驻足寻去,残影拥挤

仲秋躲进云里,似如那年
母亲走失在秋雨里

心岸落在人间的烟火

春种一粒粟,秋收万颗子
怎么会离开,阳光雨露的滋润?

母亲没读过书,大字不识一个
靠养猪,抚育两个博士
这是母亲用心血,留下的烟火

又到了年关,和母亲走的那天一样
天空飘着雪,其中一定
有一朵是母亲,因为我知道
她在天堂,想自己的孩子了

寒灯下,真想念那习惯了的味道
却,再也无处可寻
我今生的暖

一盏盏灯笼,又点亮了夜色

烧纸归来,已亥时
街道两边,家家户户都被一盏盏
红灯笼点亮,年味十足
可我,却想找个角落
放声,痛哭一场

小时候,每到小年
爸妈就开始张罗给我和弟妹们
买糖果,新衣服,新书包
那一刻,我们就会乐翻天

长大后,一进腊月
家里阳台上,水果、蔬菜、饮品、肉食就会堆成小丘
只等我和弟妹们,回来享用

再后来,到了年三十的时候
老屋里,只剩下爸妈我和孩子
能盼到弟妹们一个电话,一句祝福

年,也就过完了

一盏盏灯笼,又点亮了夜色
暖暖的春风里,我
只能远远地望着,天街夜市
祈求凡人安康,拥抱确幸

或许,再过些年
我也不会,再流泪

元宵节祭母

寒冷的冬天,下了一场寒冷的雪
我在寒冷中,热泪盈眶
自言自语地念叨,给您送着供果

多年前,在这
您说了些,只有我懂的语言
引领着我走过人生,风风雨雨

多年后,也在这
没有了您,耳边似响起您絮絮叨叨的话语
"天冷多穿点,别怕不好看"
如今,我真想念那份惦念

妈妈呀,愿您在那个世界
幸福安康!
我会把,您的笑容、善良及伟大
写进诗里

中元节寄思

旷野的风
吹碎了我的眼泪
凄冷的夜
挥洒着月的清辉

思念如汹涌的潮水
泛起梦的芳菲
初霜满地
冷却着久远的回忆

伤口裸露
我喜欢看你掌灯,吃惊的样子
黑夜漫长
我习惯了看你辗转反侧,失眠的样子

是的,我不想再看流星
也不想独守寂静
只想点一盏灯
看你熟睡的面孔

然后，在天亮之后，轻轻地
把你唤醒

生命的呐喊

天空破了个洞，疼痛
一直撕裂到，胸口
河一下子似乎没有了水

我无昼无夜，无望地守候着
黑暗聚拢着袭来，前方没有方向
施暴者舔着血，胃口大好

生死尘埃外，徒留人世间
还有一种艺术，一种纯粹
一种至高无上，比黄金更可贵的良药

那锯齿一样的伤痕，涂上它
千疮百孔，月下横行的屠刀
也能壮烈蜕变成，女神

谁说，雨落无伤

母亲出了一趟远门
在手术室里，血舞残阳
门外，几排长椅
空着，我眉长成辫

意外的风暴，让拒绝与接受
滞留一念之间
门里门外，无声的存在
瞬间，咫尺天涯

空气似乎凝固我的血液
不敢触碰神经韧度
时间揪着要窒息的心跳
残绝不安中踽踽徘徊
谁说，雨落无伤

一梦醒来，期待中守候
解冻的那一刻

燃一炉沉香，修炼芬芳

掬一捧清风，做个深呼吸
倾听，大地的脉搏

夕阳里，多少幽怨
多少苦难，一觉醒来
都会走进，不远的春天

燃一炉沉香，修炼芬芳
紧拥，生命的美好
完成，大海的心愿

焚烧的火焰

风将鳞片化成一缕忧伤
漫长的坐标线
在轰隆隆的铁轨声中
回望,唤醒

远航的鸟,重落老树
没有见到曾经的眺望
瞬间,泪流满面
炊烟,在风中飞舞凌乱

冬

下雪的时候

一缕青烟

在空中,被风吹散

兴许,有一朵云

是母亲,正守护着

雪地里的羊群

残 花

花残的时候
黄叶的筋脉
在风中挺了挺

没有等到老伴回到家的母亲
一场车祸中瞑目，在秋天
留下的只有遗憾，和
风声

想你在身边

如此震撼的唢呐锣鼓曲
竟唤不醒
一位满头的芦花白

闹花灯前夜
我家的长明灯亮了
此后我的眼,总是
阴雨涟涟

小草尚未生绿
寒风依旧猛吹,从春到秋
还有好的事,在身边

轻轻捧起妈妈的手

轻

轻

地

捧起

妈妈那睡得香甜的手

清晰的纹理中

映出

节日与年的轮廓

岁月波光里

荡漾着童趣

溢出

弟妹们的欢声

和笑语

沿着

妈妈

温暖胸怀庇护下

走过的足印

寻迹攀岩回童年

重新回到襁褓中

就找回了年轻

最美丽的

妈

妈

我

被妈妈一根手指

牵着

走过的路

是何等的幸福

家门口妈妈的翘首张望

模糊了

妈妈掌心

纹理的延伸

一道

涓流

淹没了

心湖中满轮美好

碎裂成

碎月

千

片

让
颤
屏住呼吸
让
摇摆的心靠岸
扼住
恸哭的咽喉
妈妈
我想再听听
您那喋喋不休的声音
您的絮叨
比百灵鸟的歌声
还要
动
听

妈妈
您的唠叨
是一杯
温热的牛奶
是沙漠中的一片

绿洲

是黑夜中

一丝

温暖的月光

风

很大

夜

很凉

妈

妈

您疲惫了

就歇一会儿吧

离花簌

泪潸然

意潸然

似

锅中的盐

杯中的酒

捧起妈妈的手

妈妈的手被岁月

涂鸦得
很丑
却
很温柔

母亲眼睛笑成一条缝

每次在母亲身边吃饭
都会有一首歌

后来，弟弟
更加受宠
抢了我的宝座
我们都不再去争

小时候，母亲的碗里
总是清汤寡水
她把抗饿的食物
放进我们碗中，然后看着
我和弟妹们
狼吞虎咽

长大后
我开始给母亲夹菜，而她
总是一次次夹出来
分给我们

成年后，日子甜了
每次就餐，我也会
模仿母亲，把好吃的
放进孩子的碗里

那一刻，我看见
母亲的眼睛，已经
笑成了一条缝

第五辑

时光染指

迎新的日子

迎新的日子,雪花飞舞
从南到北,都被蒙上
一种无法救治的,忧伤

我急步,走在回家的路上
思念,不停地摇晃着风铃
万家灯火呀,每盏灯下
剪纸贴花,张罗着千古吉祥

一夜间,迎春花
笑闹枝头

滴水里的故乡

夕阳下,有两片叶子
在牵手,一切是那么自然

一缕炊烟,唤醒了
黄昏里的一些,美和欢

不久,一幅画蒙蔽了我的双眼
自此,乡愁里写满思念

也许缘分太浅,也许风已飘散
也许梦有微澜

又墨香雨弦,与诗一起找寻
童年里的温暖

乡 愁

一大桌的幸福是什么
整村子的人,眼里
被谁存入一缕
小忧伤

一次的离开,让相思入骨
其实你从未远去,此起彼落
而现实,让我再一次惆怅
落泪泪清

品尽,唐诗宋词里的美味
痛饮后,希望能出现在乡村
一切,不再虚幻

当夕阳,拖扯着黄昏
行囊,已嚼碎过往

一撇一捺

我站在阳光下,看见
一个黑影游离,似乎在捕扑虚无
幸亏,岁月静好

那天,有风吹过
身感沁凉,透心且一凉到底
走近一看,满身疙瘩
干枯的树干皱褶落寞,顿生疼惜
我要用一支妙笔,为之生花

一个与我咫尺,却毫不相干
一个干干净净,风风雨雨中走过
一个高级纯粹的人,理应在碑文与青山间
铸就,一撇一捺

一朵花的疼痛

我看见,一朵花在疼痛
无所谓,环肥还是燕瘦
长发起舞,独倚桥栏

熟悉的夜晚,陌生的妆颜
同一城市,同一地点
记忆凌乱,残缺的那半
已,随浪走远
海水真咸

就在今天,有风经过
凋谢的青春,不再不甘
蓬勃的绿,欣逢
世外桃源

月亮花

没有阳光的拥抱
没有蝴蝶飞吻与狂跳
只有星星跟随祈祷

是谁许下海誓山盟
流星一直没划过
你说多可笑

真想把你种在心底
养到家里
随时亲吻,你会知道

累了,困了
都有你的笑
陪着,美妙又荣耀

只能痴痴地讨
一秒又一秒

灯下闲语

原谅我的只言片语
我一直敬重的人

我不止一次地想,这块圣土
享受一份宁静

在这里,我日夜锤炼
偶尔留下几行小字
喂养心尖

春风拨弦,随歌种田
永恒的光下,蝶舞翩跹

喜从何来

诗里诗外
小草阳光漫游桑田

一朵云彩,映红了青山
小鸟们欢悦着盘旋

只可惜,光阴面前
我已不是少年

夕阳下的影子

我有一点冲动
用一丝善良
撕裂空气中的质量

情非得已而不得已
还是吻上了一缕阳光
真假难辨

只见,影子在夕阳下
舞蹈着
令人,久久不能忘怀

浮 萍

漆黑的夜
是如此这样的安静
美好的梦
充满了魅力

白天黑夜来不及交替
便提前入睡
初秋已痴迷
我也不断入戏

路上，风光旖旎
远方，月光细碎
热血，一直念到晨曦

难 忘

傍晚的云彩和夕阳
啃着苞米,喝着小酒
围坐在一起,享受着慢时光

这是一个人与多个人的故事
在许许多多的故事里,乘着风
陶醉,迷惘,感动,相拥
在春花秋月里

多年以后,不管人间
地狱还是天堂,都安放着善良
与真相

冬夜读诗

当最后一抹晚霞,被落日拽走
我提着自己的雨水,向苍天祈祷
愿世界不再有烦恼,处处炊烟袅袅

天空再寻不见那只鸟,云朵已缥缈
最初的山坡,也越来越小
我忘记了,忧伤有多少
你的好,却时时萦绕

当黄叶飘零,一切舍我而去
你舍我而去,青春、理想、激情都再与我无关
不知道这该不该被抒情,只知道
小草一直在迎风奔跑

瞬 间

风来了,带着浓郁的香
告别夏的眷恋,向明天
舞最后的火焰

我远远地看,一遍一遍
你没有出现,炊烟从乡村缓缓飘散
泪雨撒着欢地,吻向我衣衫

远望蓝天白云齐肩,山空秋满
时光静静自弹,诗词潮赋频频咏赞
目光里,颜色渐渐欣然

幕海星空,无遮无拦
如果你再现,我会不会
把真实的夜,奉献

种下一场热血传奇

你还没有见过我,我也没有见过你
溪水怎会干枯,泰山怎会崩溃
此题无解,谁来破译

风弥漫着气息,扑朔迷离
星星不会落地,月亮不会哭泣
诱惑又怎能追上,苦涩中的甜蜜

万里山河说过,赤道留不住雪花神笔
却觅到,乞力马扎罗的繁花似锦
白雪皑皑的奇迹

时光,笑出了眼泪
因为,你走进我的世界里
一个庞大的安全星系
怎么找不到,一首诗的空隙

太阳还未升起
清风,来了
种下一场,热血传奇

在寻同一个点

当一切从口袋里丢失的时候
一张网正沉重袭来
站立的,呐喊着
倒下的,洗礼着

我看见,词句在膨胀
声音在飞翔
一片片嫩叶尖叫着,没有韵律
从日出到日落

听亚里士多德的活着
看苏格拉底的快乐
奋斗中的一首歌
因为,小鸟
只要平凡

做一条会飞的鱼

一条鱼的摇摆,柔肠百转
大海入口处,缓缓慢下来

一片亘古的桑田
一朵栖息的云彩
还有,三千青丝的雪白
只有星星,看得见

思绪,在风中凌乱
记忆,在痛念中延蔓
弱水,在文海中求欢

真想逆流而上,做一条会飞的鱼
踏入,心跳的节拍
吻你,欠下的毒债

根源,在漆黑的夜里
绕成线,剪不断

像雪一样下着

拖着没有方向的步子,浅唱一寸愁肠
风已吹过,再也找不回原点

在这样的黑里,我变成黑夜
借马良神笔,复原破碎的相思
在绝望与希望间,轮回

没有宽恕,没有温度
从春到秋,冷月寒,离恨满
西风怎解黄花苦,霜舞

一屋子的伤与痛,像雪一样下着
纷扰着尘世,记不起
来时的路

与你一起慢煮时光

想做你口中的一块糖
在余下的日子里,与你一起慢煮时光

我不知所措,到处都伤痕累累
孤单地挺立着,等待乱麻老去
也许太阳会落泪,月亮会喝醉

一场雨连绵不断,注定躲不过
我强忍悲伤,与即将枯竭的河流
从一个梦挺进另一个梦

在这有毒的空气里,幸好
窗外还有一颗星,默默守护

虚构梦境

隔窗看世界,庄生梦蝶梦的奇幻
经久,却不停串烧着流星雨

生活没有地平线,昼夜而作
无数次从黑夜走向黎明
失去的,残留的,长久的
都自然而然,打湿着我的灵魂

不知道什么时候起,高飞的鸟来了
精心细腻雕琢着,一幅艺术品

暴风雨后,名词动词欢悦呼吸
冰封的大地,开始慢慢苏醒过来

一股清泉，流进我心田

头顶蓝天，背靠青山
尘缘，无言
眼前的你，好似一幅画卷

莫问，大山静卧几百年
夕阳，凝重了容颜
脚步缓缓向前，纯净辽远

孤独，编织着花篮
深情，弹拨古老心弦

一股清泉，流进我心田
眼波流转，春意盎然
有你，生命时时醉美诗篇

一湖秋水

一滴泪,抖闪着光
在等你,深情的一刻

那夜的风,很暖很软
我看见,一朵即将凋谢的花
一半忧伤,一半明媚

淋湿了的记忆,不小心
乱了,一湖的秋水

思 秋

我看见，一排排大雁
把夏天，别在翅膀上
飞向南方

红枫随风喝醉
麦浪翻滚逐波万里
秋月思乡情寄

一片落叶，飘过
勾起，我对
一块糖果的甜蜜

纯 净

周敦颐
端坐在一朵莲上
多少年了,风景静谧

有一天,一个巨人路过
顺手向湖里投入一块石子
水花飞溅,惊动着鱼虾

风雨各怀心事,也不担忧
我们的青丹画卷,被墨染质变

但愿明天那山,还是山
水,还是水

未完待续

那场雨的速度，措手不及
自此，一曲悲歌放声哭泣
苍颜被刀雕刻成忠烈绝版，轻怜重惜

黄昏落日下，一人一城
一孤影，在那个地方和那个时刻
永远地停留，我不去问后来有多美

窗外吹来一阵轻风，有说不出的可爱
把经年不变的念恋，读得无可替代
眼泪开始抖颤，诗情源源不断

在这寒冷的冬天，有你随伴
烟云缓缓飘散，冷月燃起火焰

后记　我的故事

我有我的梦

追逐着我的梦

我期待梦中莲花般的开放

花开花落，哪怕花季短暂

却也能守住属于自己的，那份繁华

我爱莲

娇洁高傲

孑然一身　孤芳自赏

却是冰清玉洁

出淤泥而不染，不争奇斗艳

任凭烈日风吹雨打

依旧素雅一片，摇曳于绿波间

傲立在湖水央

我爱莲

春荷尖尖角，身在情长中

嫩绿点点

夏莲叶碧映日，别样红

身姿翩跹舞动着,经典绝唱
莲子喜秋悦
忘我开放,吐蕊芬芳
冬荷玉殒,骨犹存
 一枝一叶,一折一弯
残叶傲雪,回归本身
等待生命的下一个重衍

我希望
能以一朵莲花的姿态行走
穿越季节的轮回
不颓废,不失色
花开成景,花落成诗

我渴望
有一场绮丽的文学梦
我愿,那梦那诗 能
以,美丽开场
以,圆满落幕

回看流年
用琵琶一曲弹落忧伤
近观,风格本色